刀剑神域

REKI KAWAHARA   abec   bee-pee

SWORD ART ONLINE 024
unital ring III

[日]川原 砾 /著 [日]abec /绘 徐嘉悦 /译

"我给你十秒！"

"爱丽丝,拜托撑个五秒!"

§ 桐人
引导SAO走向通关,
为Under World带来和平的少年。
在Unital Ring的武器是"上等的
铁制长剑"。

§ 爱丽丝
Under World的整合骑士,
世界上首个真正的通用人工智能。
在Unital Ring里使用的武器是变种剑。

"……"

§ **穆达希娜**
旨在攻略Unital Ring的队伍之一"假想研究会"的领队。

"你……到底有什么企图?!"

"桐仔,要逃了!"

"……魔法阵?"

§ **阿尔戈**
SAO的封测玩家,也是手段高明的情报贩子。通称"老鼠阿尔戈"。
在现实世界中途转学到桐人等人就读的"归还者学校"。

"我……
呃，本人是整合机士团
团长艾欧莱恩·赫伦兹。
请多指教，桐人。"

§ **艾欧莱恩**

　立于Under World全军顶峰的"整合机士"首领。
　据他所说，戴面罩是为了保护皮肤不被索鲁斯之光伤害，然而……

"……尤……"

RUIS NA RÍG

拉斯纳里奥整体平面图

厩舍区

十时路

二时路

内环路

巴钦族
居住地

小木屋

帕特尔族
居住地

八时路

商业区

四时路

外环路

桐人和伙伴们共同打造了这座俗称"桐人镇"的小镇，
以作 Unital Ring 世界冒险之旅的据点之用。
镇内以桐人和亚丝娜的森林小屋为中心建了一圈
直径约六十米的城墙，
并将内部划分为东、南、西、北四个区域。

插画／川原砾

SWORD ART ONLINE

"这虽然是游戏,但可不是闹着玩的。"

——"SAO 刀剑神域"设计者·茅场晶彦

SWORD ART ONLINE
unital ring III

REKI KAWAHARA

abec

bee-pee

图书在版编目（CIP）数据

刀剑神域. 024, Unital Ring. Ⅲ /（日）川原砾著；
（日）abec绘；徐嘉悦译. -- 广州：花城出版社，
2021.4

ISBN 978-7-5360-9401-7

Ⅰ.①刀… Ⅱ.①川… ②a… ③徐… Ⅲ.①长篇小说—日本—现代 Ⅳ.①I313.45

中国版本图书馆CIP数据核字(2021)第045520号

合同版权登记号：图字 19-2020-139号
原著名：《ソードアート・オンライン24 ユナイタル・リングⅢ》，著者：川原礫，绘者：abec，设计：BEE-PEE
SWORD ART ONLINE Vol.24 UNITAL RING III
©Reki Kawahara 2020
Edited by 电击文库
First published in Japan in 2020 by KADOKAWA CORPORATION, Tokyo.
Simplified Chinese translation rights arranged with KADOKAWA CORPORATION, Tokyo.
Translation copyright ©2021 by Guangzhou Tianwen Kadokawa Animation & Comics Co.,Ltd.
本书中文简体字翻译版由广州天闻角川动漫有限公司出品并由花城出版社出版。未经出版者预先书面许可，不得以任何方式复制或抄袭本书的任何部分。

本书为引进版图书，为最大限度保留原作特色、尊重原作者写作习惯，故本书酌情保留了部分外来词汇。特此说明。

出 版 人：	肖延兵
责任编辑：	欧阳佳子
技术编辑：	薛伟民　林佳莹
特约编辑：	张　妍
装帧设计：	杨　玮

书　　名	刀剑神域 DAO JIAN SHEN YU
出版发行	花城出版社 （广州市环市东路水荫路11号）
经　　销	全国新华书店
印　　刷	中华商务联合印刷（广东）有限公司 （深圳龙岗区平湖镇春湖工业区中华商务印刷大厦）
开　　本	787毫米×1092毫米　32开
印　　张	7　4插页
字　　数	220,000字
版　　次	2021年4月第1版　2021年4月第1次印刷
定　　价	36.00元

版权所有 侵权必究
本书如有印装质量问题，请与广州天闻角川动漫有限公司联系调换。
联系地址：中国广州市黄埔大道中309号 羊城创意产业园3-07C
电　话：（020）38031253 传真：（020）38031252
官方网址：http://www.gztwkadokawa.com/
广州天闻角川动漫有限公司常年法律顾问：北京市盈科（广州）律师事务所

目录 CONTENTS

- 1 001
- 2 016
- 3 032
- 4 049
- 5 066
- 6 090
- 7 112
- 8 123
- 9 139
- 10 195
- 后记 219

SWORD ART ONLINE

1

"你应该早就认识我了吧。终于见到你啦,克里斯海特先生。"

"老鼠"阿尔戈露出无所畏惧的笑容说。听到她这句话,我和菊冈诚二郎都呆呆地张大了嘴巴。

克里斯海特是菊冈在 *ALfheim Online* 里使用的角色名,"克里斯"是菊花的英文单词chrysanthemum的略称,"海特"似乎是丘陵,也就是"冈"的意思。

他在游戏里的种族是水精灵族,职业是魔法师。能够完美背诵大量的咒语,在头目战之类的时候相当可靠,但他很少上线,估计没有多少ALO玩家知道这个名字。

阿尔戈应该没有在ALO里活动,那她和克里斯海特会有什么交集?不对不对,先不追究这些了,为什么她会知道克里斯海特背后就是菊冈?又是从哪儿得知约我在银座咖啡店见面的人就是菊冈的?

一波接一波的疑问让我无所适从地来回看了看两人的脸。

"……原来如此,你就是当时那位……"

菊冈似乎终于从震惊中恢复过来了,低声说道。

——当时是哪时啊?!

我在大脑里这么嚷嚷,但阿尔戈和菊冈都顾着用气势一争高下,根本不打算向我解释。不说就不说,我吃蛋糕算了……我抱着些许闹别扭的心态浏览菜单,用十秒钟决定好了要点什么。

结果服务员就像心有灵犀似的适时出现在桌子旁边,问道:

"请问您要点单吗？"

"要一份栗子芝士蛋糕和一杯热卡布奇诺。"

蛋糕要价一千九百日元，咖啡则是一千二百日元，我好不容易才让自己在不结巴的情况下点好这份价格惊人的单，并把菜单递给旁边的阿尔戈。

"这位好心的大哥哥要请客，你可以随便点。"

"怎么，原来不是桐仔请客啊？"

阿尔戈一边这么抱怨，一边迅速地浏览菜单。她看着上面写的价格，丝毫不见胆怯地说：

"麻烦给我一份这个月的推荐蛋糕，和一杯热的皇家奶茶。"

随后服务员回了一句"好的"就离开了。我拿回菜单，即便知道不礼貌，也还是算了一下阿尔戈点单的总额。蛋糕和奶茶共计三千五百日元，加上我那份就是六千六百日元……虽说她是擅自跟来的，但允许她同行的人是我，这下就算菊冈提出什么相当麻烦的要求，我也不好意思拒绝了。就在我做好这个心理准备时——

"……算了，反正总有一天也要找阿尔戈谈谈的……"

菊冈低声说完这句话便用细长的勺子舀起眼前的洋梨芭菲，送进自己嘴里。这时我终于按捺不住，向两人问道：

"说吧，你们是怎么认识的？"

"就是client和investigator的关系啦。"

是阿尔戈回答了这个问题。client是委托人，investigator是调查员——我在大脑里将这两个词翻译成日语之后便继续追问：

"谁是委托人，谁是调查员？"

"这还用问吗？当然是这位大哥是client啊。"

听到这里，我再次将视线抛向菊冈，说：

"……你到底委托她去调查什么了？"

"这个嘛,你知道的,公务员有保密的义务……"

"你算是什么公务员啊……"

"真过分啊。不过这些事也没必要瞒着你。"

说完这句引子,菊冈就把音量压到最低,轻声说:

"你有听说过KAMURA公司吗?"

"KAMURA……是欧古玛的制造商吗?"

"没错。我收到消息,说那家公司正在某个VRMMO世界里做一些可疑的事情,所以就委托她去调查了。"

"可疑的事情……该不会又是'Ordinal Scale事件'那样的案子吧?"

见我皱起整张脸,菊冈便举起双手,像是要让我放心似的说:

"如果是这么危险的案子,我也不会拜托阿尔戈去调查。其实我在OS事件发生之前就开始委托她办事了,毕竟他们做的这个游戏怎么看都不赚钱……甚至肯定会出现赤字,也没见过什么像样的宣传,就拜托她去查一查了。"

"哦……"

"从阿尔戈的报告上也看不到与犯罪有关的消息,工作能力果然和传闻一样出色……只是没想到,竟然就这么顺藤摸瓜地把我的真实信息也挖出来了。"

"你赖账了吗?"

"怎么会呢,她提出的费用我都好好支付了。只不过……现在我还没法提供她要求附加的那些东西。"

菊冈轻轻地耸了耸肩膀,阿尔戈略带不满地出声说:

"在我看来,你所说的那些附加的东西才是报酬的重点啊。我就是等不及了,才会直接在现实世界里跑来找你要的。"

"那还真是对不起了。可你是怎么查到我就是克里斯海特的?

你我也就半年前在ALO里见过一面而已。"

半年前……这么说就是2026年3月下旬喽？KAMURA公司的欧古玛是在4月上市的，这确实稍早了一些。这家公司曾大张旗鼓地销售AR设备，它在背地里偷偷运营的VR游戏到底是怎样的？

我拼命忍着不要插嘴，阿尔戈则轻轻地把原本交叉放在桌上的两只手左右摊开，说：

"其实也没什么，我没有查到你的真名。只要在ALO里稍微查一查，就能马上查到克里斯海特是桐人的好友，然后今天桐仔又说他翘课是因为'被一个怪叔叔约出来见面了'，我一下就想到那是你了。"

听到这句话，我不由得震惊地说：

"喂……喂喂喂，阿尔戈，你的直觉也未免太准了吧。"

与此同时，菊冈也以一副很不情愿的样子说道：

"居然说我是怪叔叔，真是过分啊。我倒觉得自己算是一个认真严肃的大哥哥。"

闻言，阿尔戈先是看了看我，骄傲地说了一句"我可是光凭直觉就在SAO里活了下来的人呀"，接着又看向菊冈，十分肯定地说："你给人的印象，除了怪叔叔之外还能是什么啊？"

前半句应该是她谦虚过头了，不过后半句确实无法否定……在我说出这句无情的感想之前，我和她点的蛋糕已经送上桌了。

烤得正好的芝士蛋糕上淋了一层淡褐色的栗子酱，那光辉夺目的景象让不嗜甜的我都不得不中断对话，拿起叉子挖了一块送进嘴里。享受过那丝滑的口感和浓郁的味道之后，我又用卡布奇诺的苦味让味蕾重置。

阿尔戈点的是本月的推荐甜品——苹果千层派，看上去也很好吃的样子……我边想边吃，当两份甜品都吃到一半时，旁边的人将盘子推了过来。

"桐仔，我们交换一下吧。"

"……我也没理由拒绝。"

我只犹豫了一瞬间就这么回了一句，并把芝士蛋糕推向左边。刚才之所以犹豫，是因为对面的菊冈正笑嘻嘻地看着我们。待会儿必须好好跟他强调一下，我和阿尔戈就只是战友，没有其他关系……我一边在心里盘算，一边品尝千层派。松脆面饼散发着淡淡的香味，中间填满了留有果实口感的苹果蜜饯和甜度恰到好处的卡仕达酱，实属美味。算上饮品，这些总共需要花费六千六百日元，能不能接受这个价格……就另当别论了。

两个饥饿的高中生三下五除二就清空了盘子，在此期间，菊冈也吃完芭菲了。

"哎呀，还是这家店的甜品的综合满意度比较高呢。在太平洋上漂浮的时候，我都梦见它们好多次了。"

菊冈所说的太平洋指的是正停泊在伊豆诸岛海面上的Ocean Turtle。在那里确实吃不到高级甜品，但是据亚丝娜所说，船上餐厅里的料理味道还不错。遗憾的是，当时我一直在昏睡，没有机会一饱口福。

或许是察觉了我的感慨，菊冈笑眯眯地继续说：

"不可思议的是，梦里的我总是和桐人在一起呢。明明我和你只来过这家店两次。"

"……我都不知道该怎么评论你这句话了。"

我姑且这么回道。"有你这句评论就够了。"菊冈说完这句像是在糊弄人的话后，就把咖啡喝完，瞥了一眼左手腕上的防水手表，换了一个表情说：

"好了，在进入正题之前，我想先确认一下……这位阿尔戈今后可以算是桐人军团的一员了吧？"

"喂……喂，我可不记得自己组织了什么军团啊！"

"那就叫'桐人小队'或者'桐人与快乐的小伙伴们'好啦，什么都行，总之一旦出了什么事，她会和你并肩作战的吧？"

"……你会吗？"

我把问题传向旁边，阿尔戈就耸了耸纤细的肩膀。

"这个嘛，如果你说的是Unital Ring，我是打算和桐人军团会合的，不过如果是其他的VR世界，就得再作考虑……了吧。"

"你说的其他VR世界不都整合到UR里了吗？"

"总有没连入The Seed连结体的VR世界吧。"

阿尔戈笑嘻嘻地这么说完，又看向菊冈说：

"我说克里斯海特先生呀，你把桐仔约出来见面，不也是想谈谈那些没有连入连结体的世界吗？"

"咦……是这么回事吗？"

我也赶紧向菊冈看去。直到刚才，我都还以为今天的正题就是Unital Ring事件——不对，仔细想想，爱丽丝是在新生艾恩葛朗特坠落之前给我捎来"29日15点，高级蛋糕店"这个信息的。也就是说，菊冈打算联系我时，这起事件还没有发生。

菊冈被我和阿尔戈直盯着看，用指尖推了一下黑框眼镜的中梁，低声说了一句"确实如此"。

"今天想和桐人商量……或者说是想委托你去查的事和Unital Ring没有直接关系。现在时间不多了，我就开门见山地说吧……桐人，你能不能帮个忙，再次潜行到Under World？"

"……"

我没能立刻做出反应，只是直勾勾地凝视着菊冈的脸，但秋季的阳光从南面的窗户外投射进来，在他眼镜的镜片上形成反射，

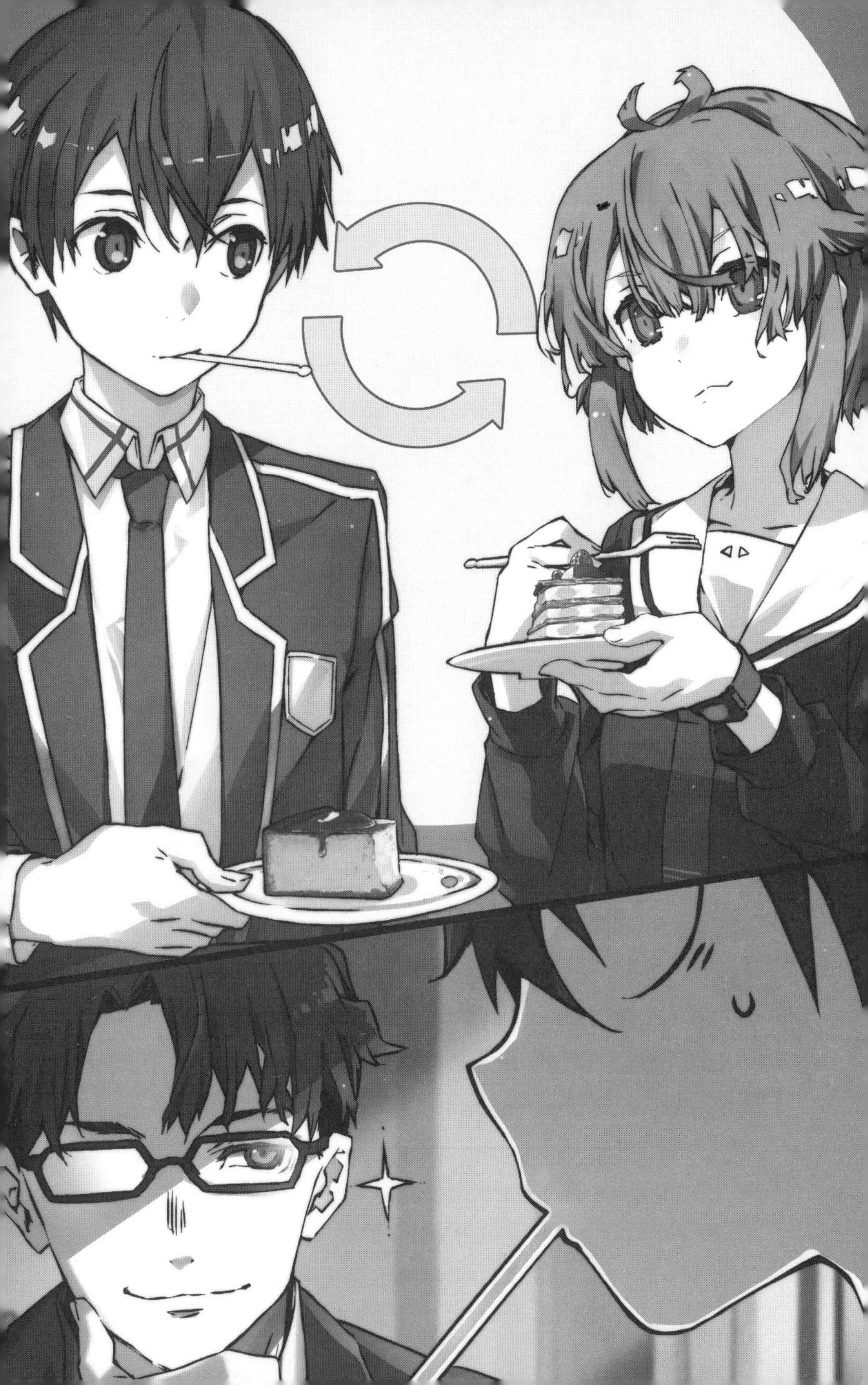

让人看不清他的表情。我感受着自己的掌心正逐渐升温，用嘶哑的声音问道：

"我个人是很想去啦……但你为什么要特地来找我说这件事？不也可以通过凛子小姐转达吗？"

"其实神代博士是反对让桐人再次参与这件事的，她和我说，如果一定要让你去，就得直接和你见面，把情况都解释清楚。"

"啊……"

这样我就明白了。其实我在这一个月间也屡次向神代凛子博士请求，说很想再去Under World，但总被她以"情况还有待观察"为由婉拒。当然了，她并不是在故意刁难我，大概只是将我的安全放在第一位考虑了而已。不过从RATH六本木分部的STL进行潜行应该也不会对肉体造成危害，至于Under World内部……这么说好像有些傲慢，但老实说，我不觉得现在有什么东西能对我造成威胁。

"……原来是这样啊。那你又是为什么想让我潜行？"

闻言，菊冈的视线迅速往周围游走了一圈。现在是工作日的下午，店里也没有多少客人，周围的桌子都是空的。我心想又不会被人偷听，菊冈却进一步压低了声音，说：

"似乎有人入侵Under World了。"

"……什么?!"

我瞬间瞪大了双眼，然后跟着他压低音量追问道：

"你说的入侵……是怎么回事?!是谁?!什么时候开始的?!"

"别急，你等一下。"

菊冈轻轻抬起两手，看向阿尔戈说：

"……阿尔戈，你对Under World了解多少？"

"身为情报贩子这么说是有些窝囊，但我知道的就和媒体报道的差不多。"

"那就是说Under World存在于Ocean Turtle内部，现在Ocean Turtle被封锁在八丈岛海域，这些你都知道吧。"

"我对封锁具体是个什么情况也是一知半解就是了。"

"就是字面上的意思啊。海上自卫队的护卫舰和海上保安厅的巡逻船都二十四小时紧跟着Ocean Turtle，不让任何人靠近。之前有家媒体的小船企图冲破封锁，强行登船，结果被巡逻船用机关枪扫射警告了，当时不是还闹了一阵吗？"

"是有这样的新闻。嗯，我大概明白了。"

见阿尔戈点头，菊冈又把视线转回到我身上说：

"刚才我所说的入侵，并不是指有人偷偷潜入了现实世界里的Ocean Turtle，而是我们在一周前发现了某个与RATH无关的人士潜行到了Under World的迹象。"

"潜行……"

我小声复述了一遍。

Under World以一种名为"视觉记忆"的特殊数据形式构建，必须使用只在RATH六本木分部和Ocean Turtle内部有配备的Soul Translator才能潜行进入……我在RATH打工的时候是这么认为的，但实际上可能不仅如此。

其实Under World是由具备与现实世界同等的真实性的视觉记忆版与运用了The Seed程序的多边形版叠加而成的，若想体验高精细的世界就必须使用STL，而与SAO和ALO同水平的多边形版也可以用AmuSphere潜行进入。事实上，在Under World内部爆发的"异界战争"的最后阶段，就有好几万名VRMMO玩家从日本、美国、韩国及中国进行潜行，展开了激烈的战斗。换言之，如果只是想进入Under World，那只要有一台AmuSphere就足够了。然而——

"……可是入口呢？现在只能通过发给我……不对，是发给爱丽丝的冰岛服务器IP潜行到Under World了吧？"

"没错，RATH之前使用的卫星线路已经被政府屏蔽了，按照一般思路，入侵者也是通过一样的线路进入的……"

"……"

我盯着还留有千层派碎屑的盘子，让大脑快速转动。

之前我也猜想过，将连接着Under World的IP地址发来的就是茅场晶彦的数据灵魂。此前他曾潜伏在人型机械躯体"二卫门"里观察Alicization计划，在原子炉的储存室即将失控时，他闯了进去，将Ocean Turtle从水蒸气爆炸的危险中救了出来。听说原本应该损毁的机械躯体也消失了，只留下了一些油渍。如果茅场——二卫门最后的任务是将某种通信设备安装到Ocean Turtle里，那么那个入侵者会不会也和我们一样，是从茅场那里得知服务器地址的呢——或者说，那会不会就是茅场本人？

"……菊冈先生，你们是怎么知道有人潜行到Under World了的？应该也不能从六本木分部进行实时监控吧。"

听到我这么问，菊冈露出为难的表情，点头道：

"你说的确实没错。幸运的是，我们勉强可以通过刚才说的那个服务器看到Ocean Turtle某个网关服务器的日志……那日志里就记录了来自外部的连接。"

"……来自外部？"

"是The Seed连结体的日本端点。也就是说，有人将自己的虚拟角色转移到Under World去了。"

三十分钟后——

菊冈付完包含消费税在内的一万日元——时至今日，他还在用现金结账——留下一句"那么今晚再联系吧"之后，就消失在银座的人山人海之中。

直到彻底看不见那个西装背影，我还站在人行道的角落，一动不动。要思考的事情实在太多了，多到好像一歪头信息就会溢出来似的。

处于现在进行时的Unital Ring事件。

一个星期前发生的Under World入侵事件。

还有让菊冈和阿尔戈得以接触的契机——KAMURA公司的可疑行动……

我悄悄往旁边瞥了一眼，就看见阿尔戈将两手插进连帽衫的口袋里，摇头晃脑地说：

"哎呀，蛋糕是很好吃没错，但在那种店里待着真不自在。"

"……这一点我很赞同。"

我不由自主地嘀咕了一声，然后朝她走近一步，追问道：

"不对，你到底是来做什么的？最后不还是没拿到你真正想要的报酬吗？"

"没关系,那东西也不是立刻就能备好的,而且我也不急着用。"

"……你向他要了什么？"

"嗯……算了，这个就免费告诉你吧。是某个SAO幸存者的真实信息。"

"SAO幸存者？咦，你在接受委托的时候就知道菊冈……知道克里斯海特是那种身份的人了吗？"

"他都自报家门，说自己是总务省虚拟课的相关人士了啊。"

"哦……原来如此……那，那个SAO幸存者是我也认识的人吗？"

短暂的疑惑过后，我又这么问了一句。只见阿尔戈的侧脸勾起一抹淡淡的笑容，回答道：

"这个我就不能说了。嗯……毕竟有些私人原因。"

"这样啊……"

在被囚禁于那个世界的两年里，阿尔戈当然也经历过很多事情，我并不打算深究。于是我做了一次深呼吸，抬头望向上空。不知不觉中，深灰色的云团已经覆盖了半个傍晚的天空，是名副其实地要变天了。

"傍晚6点过后，市中心的降水概率是百分之七十哦。"

"咦，不会吧……那川越呢？"

出于条件反射，我不禁追问道。结果得到的是无奈的回复：

"这点小事你就自己查嘛……虽然很想这么说，但大姐姐我心地这么善良，就免费帮你查一下吧。"

阿尔戈从口袋里拿出手机，迅速操作了一番，莞尔一笑道：

"真遗憾，6点过后川越市的降水概率是百分之八十。"

"……谢谢。"

我斜挎包的侧边袋里有一把小小的折叠伞，但也不能撑着伞骑车，万一回到川越时下起了大雨，我就得步行两公里回家了。如果我有穿雨衣，还可以骑着自行车强行冲过那段路，但之前妈妈、直叶、亚丝娜还有结衣都说过"在夜雨里骑行很危险，不许这么做！"以前已经因此让她们担心过好几回了，我也只能接受这个要求。

要是现在立刻冲去搭地铁，或许能在下大雨之前抵达本川越站，可我还有一个重要的任务没有完成，便打定主意走那段两公里的路，将原本想说的"那我就先走了"改成：

"……那个，阿尔戈，还有一件事想请教一下……"

才刚说完引子，情报贩子就瘪嘴道：

"再这样的话，我就要收钱喽。"

"收钱也无所谓。"

"……你想问什么？"

"那个……打个比方，如果是你，会在亚丝娜生日的时候给她送什么礼物？"

话音刚落，阿尔戈就呆呆地张大了嘴巴，接着又发出一声长叹。

"……我说桐仔，你这打的是哪门子的比方啊？小亚的生日不就是明天了吗？你居然还没有准备好礼物？"

"咦……你知道亚丝娜的生日是9月30日？"

"我好歹也和小亚认识很久了呀，只是今天是第一次在现实世界里碰面而已。"

"哦哦……嗯，说得也是……"

虽然我和亚丝娜在艾恩葛朗特里连婚都结了，但彼此几乎没有聊过和现实有关的话题，就连年龄和真名也是在浮游城即将崩塌的时候才终于坦白的。不过阿尔戈实在了不起，大概是在我不知情的情况下从亚丝娜本人那里打听到生日的吧。

"……那就不打比方了，亚丝娜喜欢什么东西？"

我换了一个问题，结果阿尔戈抬起右手，戳了戳我的上臂。

"桐仔，要送什么得自己绞尽脑汁去想，包含这份心意的东西才算是礼物啊。再说了，比起我，你应该更了解小亚的喜好吧。"

"我知道，结衣也是这么说的……我心里也明白……"

我叹气道，再次抬头望天，发现越来越多的云团盖住了天空。看这情况，随时都有可能下大雨。

"……最近我有时会想……我认识的只是虚拟世界里的亚丝娜，对现实世界里的她也许是一无所知。不……不仅是亚丝娜，还有莉兹、西莉卡、诗乃、艾基尔和克莱因……就连我妹妹莉法，我都说不定只能通过虚拟世界去面对他们……"

把这番有些像是自言自语的话说到这里,我不由得露出了难为情的笑容。

"我们两年没见,才刚重逢不久,你听到这些话也很为难吧。我会自己想想要给亚丝娜送什么的,不好意思啊,让你费时间……你现在就要回神奈川了吗?"

"要每天在神奈川左下角那个地方和西东京市之间往返也挺够呛的,所以我在学校附近租了一间公寓。"

阿尔戈这么回道,轻咳了一声又说:

"不过嘛,在人际交往方面我也没什么资格说三道四的……作为那个贵得要命的蛋糕的回礼,我给你一个建议吧。"

"……是免费的吗?"

"免费啦。听好了,桐仔,你想太多了。不管是现实的还是虚拟的,人的内在不都是一样的吗?我觉得吧,把两者区分开来根本没有意义。"

"……"

"你这表情是什么意思啊?"

"没什么意思……就是觉得,阿尔戈真的比我年长……"

"我很早之前就说了,我是大姐姐呀!"

接着阿尔戈又戳了戳我的肩头,往后退了一步,继续说:

"再附赠你一句话。就算你硬着头皮在银座买了很贵的名牌,小亚也不会高兴的。"

抛下这句话后,她就轻轻挥了挥手。

"那就今晚再见啦!"

黄褐色的连帽衫随风扬起,阿尔戈也消失在人群当中了。

原本我还真是打算"硬着头皮在银座买名牌"的,于是我靠在大厦的墙上,重重地叹了一口气,然后闭上眼睛,将周围的噪音摒除在外，在脑海里回想亚丝娜从相遇到今天的模样。

在艾恩葛朗特第一层迷宫塔的深处，即使疲惫不堪，也要以流星般快速的漂亮剑技来拼命狩猎怪物的亚丝娜、在迷宫头目攻略战中，以血盟骑士团副团长的身份毅然指挥战斗的亚丝娜、在第二十二层的森林小屋里，坐在摇椅上浅眠的亚丝娜、在所泽医院的病床上，抱着刚拿下的NERvGear，等着我出现的亚丝娜……

在阿尔普海姆的新生艾恩葛朗特里，与"绝剑"有纪决斗的亚丝娜、用超级账号潜行到Under World，为了守护人界军而奋战到底的亚丝娜，还有在"归还者学校"的秘密庭院里，靠在我肩膀上的亚丝娜——

仔细想想，在相遇至今将近四年的时间里，亚丝娜一直都在身边支持着我。她为我付出的远比我对她的多，这一点是毋庸置疑的。可是，我又有多少次亲口表达过这份感谢呢……

"真受不了自己……"

再次认识到自己有多么不解人意后，我不禁又一次叹息。不管送什么礼物，到时都一定要好好地用言语表达自己的心情——我一边暗自发誓，一边迈步走向地铁站。

2

在池袋买完东西，我就搭上了东武东上行线的快速列车。三十二分钟过后，我来到川越站西口环形交叉路，发现地面还没有被打湿。天气预报APP上也显示大约还有十分钟才开始下雨，于是我匆忙跑到市营的自行车停车场，推出自己的爱车，骑了上去。

从车站到我家的最短路线是横穿小江户地区，即川越一丁目，这个地区的车流量一直很大，但在五六年前实施了拓宽工程，增设了自行车车道，通行变得非常方便。从南边逼近的乌云一路追来，我拼命地踩着脚踏板，穿过小江户地区，然后右拐。在抵达位于大神社附近的自家的同时，雨滴也开始来势汹汹地落下了。我赶紧把山地车推到屋檐下避雨，并拿起防水素材制成的背包挡雨，冲进大门。还没等我说一句"我回来了"——

"欢迎回家！哥哥你动作真慢啊！"

穿着运动服站在横框处等我的直叶就这么嚷嚷道。

"这有什么办法，我从家里到学校的路程可是你的两倍……"

反驳的话刚说到这里，我就歪了歪脑袋。

"咦……昨天好像也有过这样的对话？"

"是呀。"

直叶直截了当地肯定了我的既视感。看来我不是在重复同一天的生活……我心里想着这些无聊的事，直叶则和昨天一样，给我递了一条毛巾。我心存感激地接过，一边擦拭汗水和雨珠，一边向她确认：

"呃，这是今天也要我立刻潜行的意思吗？"

"那还用说吗？有哥哥在才能敲定桐人镇要怎么建造啊。"

"……慢着慢着，我可不记得我给城镇起了这么个名字啊！"

"大家都是这么喊的。好啦，赶紧进房间吧……咦，你买了什么东西？是很贵的点心吗？"

直叶的目光停留在我左手提着的手提袋上，上面印着百货公司的Logo。看起来确实像是装着什么高级甜品，可惜那里面装的并不是她所想的东西。

"没有，这个是，呃……"

看到我含糊不清的样子，直叶仿佛也察觉到了什么，说：

"啊，哦……原来是这么回事。话说你是今天才买的？!再怎么说也太临时抱佛脚了吧！"

"证明我是再三思考了很久啊……好了，不是要去那边吗？今天就在你自己的房间里潜行吧。"

"好好好。厨房那边给你留了饭团。"

直叶嘻嘻一笑，一路小跑着上了楼梯。我则走向厨房，并在心里打定主意，等明年春天直叶生日的时候，一定要提前想好要给她准备什么礼物。

换上休闲的衣服，把直叶事先准备好的三文鱼和咸鳕鱼子饭团塞进嘴里，再上了一趟厕所，我就躺到床上，戴上了AmuSphere。

距离Unital Ring事件发生已经过去三天，大量的谜团不仅没能解开，反而进一步加深了。SNS和论坛网站上有各种天花乱坠的考据，怎么看都看不完。不过到目前为止，所有信息都还是缺乏证据的想象……在去银座的路上，阿尔戈是这么说的。唯一可以确定的是，现在还没有一个玩家成功抵达"极光所指之地"。

当然了，那个地方也是我们的目标，但我不觉得自己会成为第一个抵达的人。毕竟我们的伙伴大多都是学生或社会人士，工作日的早上到傍晚都无法上线。而小木屋掉落在离ALO转移组的正式初始地点"斯提斯遗迹"二十五公里的地方，凭着这个优势，现在我们的位置大约是ALO组中最靠前的，可说不定用不着一个星期，那些可以全天潜行的核心玩家就追上来了。事实上我们也连续两晚遭到了PKer集团的袭击，如果他们的装备和等级和我们处于同一水平，估计全军覆没的会是我们。

话虽如此，我们也不可能选择逃课这条路，现在也只能安守学生本分，尽自己所能了。

我关上房间里的灯，闭上眼睛，低声说：

"开始连接。"

七彩的放射光线在视野里弥漫开来，将身体压向床铺的重力消失了，我的意识也渐渐飞向了虚拟世界。

当重力回笼时，我立刻睁开双眼，熟悉的小木屋天花板随即映入眼帘，让我松了一口气。我在上学期间也一直担心会不会有第三波袭击，可就目前来看，我们的家依旧安然无恙。万一有人袭击，负责留下来看家的爱丽丝和结衣应该也会联络我，而且我也早早打定主意，假如真到了那个时候，就算还在上课，我也会立刻冲进保健室用欧古玛潜行——可以的话，我还是想尽量避免这种情况。

接着我爬起身，弄得从第一天晚上就一直穿着的金属铠甲哐啷作响，又环顾了小木屋的客厅一圈。今早退出的时候，这里还挤满了好不容易才会合的伙伴们，现在却看不到任何一个人的身影，但至少莉法和我是同时潜行的……

"……喂——直……不对，莉法，你在吗？"

我大声呼唤着走向玄关，推开厚重的大门。

直径十五米、面积达一百八十平方米的圆形庭院被高高的石墙围住，墙边还放着几台大型生产设备。可是里面根本没人，不仅是结衣和爱丽丝，就连三只可靠的守护兽——"长嘴大鬣蜥"阿鬣、"背琉璃暗豹"阿黑和"棘针洞穴熊"米夏都不见踪影。

我立刻变得如坐针毡，再次大声唤道：

"喂——有人在吗……"

然而我的声音虚无地消失在了深红色的傍晚天空里。今天早上退出前，我们所有人都互加了好友，只要打开环形菜单，随便给某人发条信息就可以取得联系，可要是名单被清空了，那又该怎么办呢……我沉浸在这种幼稚的担忧之中，右手动弹不得。

于是我下了门廊来到地面，斜着穿过前庭，走向南边的门。在昨晚那场袭击中，亚丝娜、爱丽丝和西莉卡拼死守住了这道木门。我轻轻将它推开。

直到昨天，小木屋外围都还是一片深邃的森林，但现在已经完全变样了。那些袭击者烧毁了树木，我们就反过来利用这片空地，发动所有人的力量建起了房子。被直叶称为桐人镇——这个名字一定要改——的"城镇"直径达六十米，X形道路将其分为东、西、南、北四部分，眼前这一片南区预计会成为商业区，可目前还没有一家店开始营业，所以看起来像是一座鬼城。那段围着小木屋的圆形道路暂时称为"内环"，从那里分别向东南和西南延伸的岔路则暂定为"四时路"和"八时路"，而这两条路上也看不到人影。

就在我准备再次用最大声量呼喊，用力吸气时，一阵像是孩子欢笑的声音隐约传来，让我屏住了呼吸。

一阵恶寒蹿过我的后背，这座城镇上应该是没有小孩子的。照这么说……这难道是鬼魂？还是空空如也的城镇招来了幽灵系的怪物呢？

我轻轻呼气，竖起耳朵倾听，再次捕捉到了"呀哈哈哈"的高亢笑声。这大概不是我的错觉，声音像是从东边传过来的。

随后我调出环形菜单，将"上等的铁制长剑"装备在左腰上，沿着包围小木屋的石墙往东边走。不一会儿，就看到右前方出现了一栋高大的木制建筑。

东区是昨晚跟着诗乃一起来到这里的鼠人型NPC——帕特尔族的居住地。建在扇形区域顶点位置的集会场就是我现在看到的建筑，中央的广场还兼作农田，外围则有一派小巧而整洁的住房。

我又听到了一阵孩子的嬉闹声。集会场里……不对，是从集会场另一侧的广场传来的。难道是幽灵系怪物来袭，把原有的二十名帕特尔族人都杀害了？我带着最糟糕的想象悄悄踏进通往东南的四时路，由于路面还没有铺砖，即便穿着附带铁甲的靴子走路，脚步声也不会太大。我小心翼翼地沿着集会场的墙壁前进，偷偷观察广场的情况。

"……咦？"

呆愣的声音从我嘴里漏了出来。

广场的形状像是被切开的年轮蛋糕，今天早上这里还是一片裸露的土地，现在北半边已经被开垦成农田，好几个帕特尔族人正在耕种一些类似玉米的作物。而在空着的南半边，莉法、西莉卡、爱丽丝、亚丝娜和结衣并肩站着，守护着那只巨大的四脚兽——"棘针洞穴熊"米夏。不对，她们笑容满面地看着的是那五个骑在米夏背上的幼小帕特尔族人。

与大人相比，这些小孩的鼻子比较短，耳朵也小，米夏每慢悠悠地走上一步，他们都会发出高亢的嬉笑声。按照人类的标准，他们的块头大致与一岁小孩相当，而米夏身高超过三米，只要它有心，完全可以一口把他们统统吞下……不不，先别追究这些了。

"……喂，那些孩子是……"

我悄悄靠近莉法，小声地说。结果妹妹突然转过头来喊道：

"啊，你终于来了！"

亚丝娜她们也很快发现了我，纷纷和我打招呼。我条件反射地回了一句"哟"，并再次开口问道：

"我说那些小老鼠……不是，那些帕特尔族的小孩子是从哪儿来的？昨天从基约尔平原的石壁迷宫出发的时候不是只有一群大人吗？"

闻言，莉法、西莉卡和亚丝娜都尴尬地撇开了目光，爱丽丝则带着微妙的表情说：

"貌似是昨天夜里刚生下来的。"

"生……生下来的？！"

我像鹦鹉学语似的大叫出声，再次看向米夏的脊背。五个正在闹腾的孩子和巨熊一比只有豆粒般大，但看起来也不像是婴儿。

"……跟我们一起过来的帕特尔族里有孕妇吗？就算有，在这半天的时间里也长得太快了吧？"

这次轮到结衣干脆爽快地解释了起来：

"爸爸，我今天一直和帕特尔族人待在一起，不过那些孩子是早上9点左右突然一起出现的。帕特尔族的各位好像都知道会有这种情况，因此事先备好了相应人数的睡床。这五人出现时大概都是这么大……"

说到这里，结衣就用两只手比画出了类似蜜瓜的尺寸。

"原本就是小小的婴儿模样，九小时后就长成这样了。现在都会说话，只不过都是只言片语。"

"……咦……"

我只能这么嘟囔。一夜之间生了五个婴儿，仅用半天就养到那么大，这样的话，一星期后这座城镇就住满帕特尔族人了。

结衣似乎感应到了我的战栗，又开始解释道：

"根据现有的数据，可以推测出Unital Ring世界的NPC人数会随着居住地的面积和环境变化而有所增减。因为我们建造的帕特尔族人住房能容纳超过二十人，所以他们就生下相应数量的婴儿了吧。"

"是吗……原来是这么回事啊。我登录之后看到孩子也吓了一跳，听结衣说他们是今天早上出生的，我真的很吃惊。Unital Ring这个虚拟世界的规格再怎么厉害，也不太可能重现这种……繁殖设定吧。"

这次是亚丝娜回应道。爱丽丝随即换上严肃的表情说：

"Under World的设定与现实世界几乎是一样的。"

听了这句话，亚丝娜、西莉卡和莉法都摆出了一副不知该作何评论的样子。没办法，只能由我来火中取栗了。

"这，这个嘛，Under World是特例中的特例……"

说完我便想起还有另一个例外——*Sword Art Online*。那个世界的设置菜单里有一个藏得很深的按键，只要按下那个按键，解除伦理规范，就可以实施那种行为了。当然了，生孩子……大概是办不到的，就是不知道茅场晶彦到底是怎么想的才会实装那样的功能。

The Seed组件没有类似的功能，我还以为Unital Ring也一样——不对，说不定……

"就算无法重现过程，这个游戏把世界观塑造得这么细致，NPC能生孩子，搞不好玩家也可以……"

我几乎是下意识地低声说道，结果——

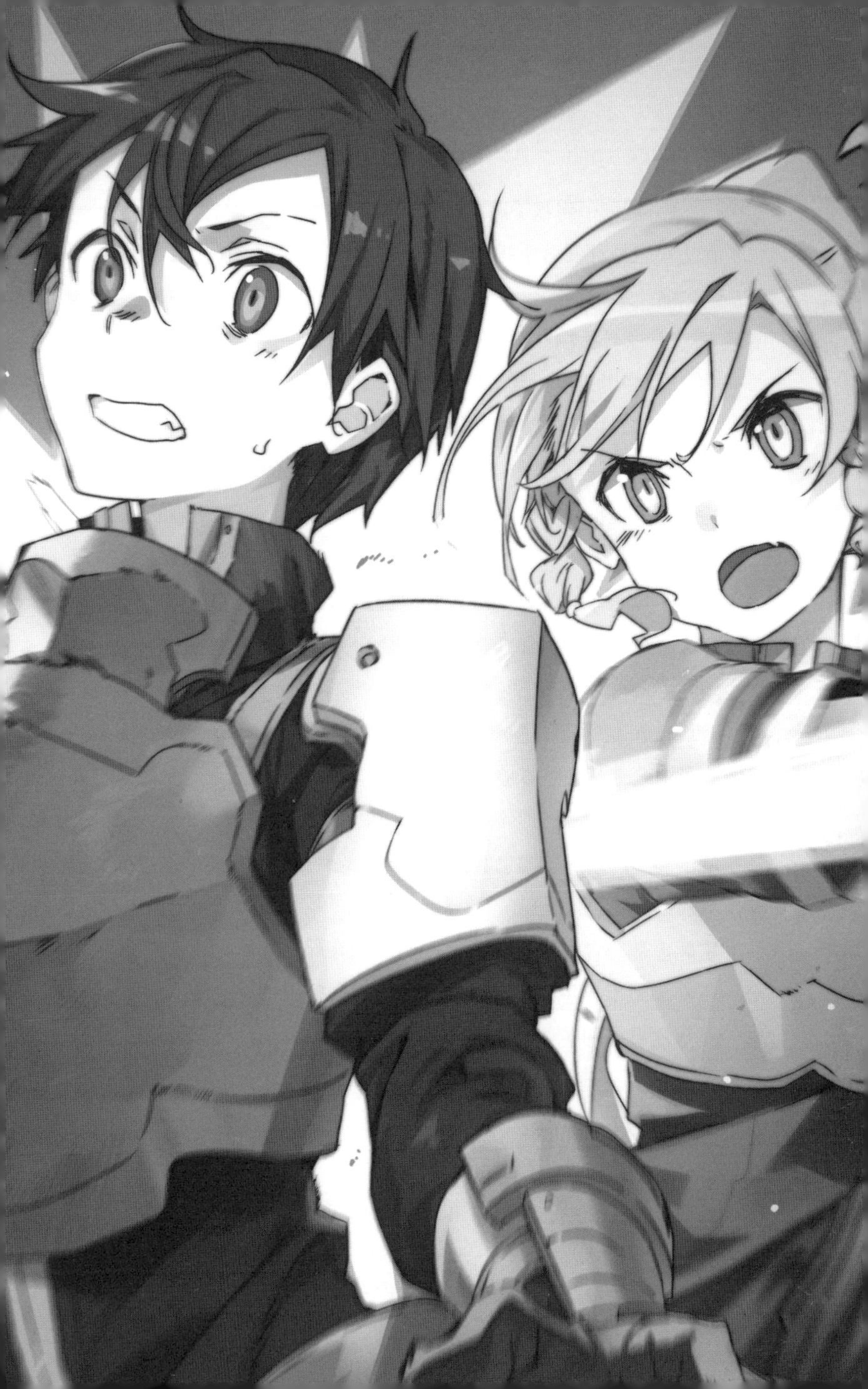

"怎么可能……生孩子啊!!"

莉法狠狠地往我背上拍了一掌。尽管不觉得疼,我还是大叫了一声"痛死了!"

"你,你干什么啊?!"

"都怪你胡说八道!玩家们生了孩子,那孩子背后又是谁呀?!"

"这,这个嘛……就和NPC一样,是AI……"

这句话没能说到最后。一种类似银色电火花的痛楚突然贯穿了我的大脑中央,疼得我差点倒下。

"呃……"

我晃了晃身子,大口喘气。爱丽丝迅速撑住了我的右臂,莉法也睁大绿色的眼眸,仔细观察我的脸。

"哥,哥哥,你怎么了?"

"没什么……没事,就是有点头疼。"

只见西莉卡满面愁容地说:

"桐人哥,你都没怎么睡,要不今天就早点下线吧?"

她脑袋上的小龙毕娜也发出"啾啾"的叫声,我赶紧回道:

"没,没事没事,已经不疼了。"

实际上那阵疼痛只持续了一瞬间,现在即使我用力地摇晃脑袋——在虚拟世界里做的动作应该不会对现实肉体的大脑造成影响——也没有任何感觉。这究竟是怎么回事?我心存疑惑地移过视线,结果和脸上带有几分迷惘的亚丝娜对上了眼神。那双榛子色的眼睛明明正对着这边,却像是在看我身后某个遥远的地方。

"……亚丝娜?"

我轻轻唤了一声,她便微微眨动眼睛,焦点也回来了。

"啊……对不起,我发了一小会儿呆。"

"毕竟大家都睡不够嘛。觉得累的人今天就不要勉强了,早点下线吧。"

"说得也是，桐人也要早点哦。"

"知道啦。"

虽然嘴上是这么回答的，但我一点也不打算早睡。我的直觉告诉我，第三天，也就是今天的努力将关乎这座城镇的存续——进而左右着伙伴们的存亡。

看向广场中央，米夏还在绕着圈走，它背上的小老鼠们也还在闹腾。他们仅用了半天时间就从婴儿长成孩童了，也不知道是会继续成长，几天过后就长大成人，还是长大到某种程度就会停下来。不管怎么说，为了这些孩子，我也必须努力守护这个城镇。

"对了……阿黑和阿鼹在哪儿？"

我询问另外两只宠物的去处，西莉卡看着西南方向回道：

"被莉兹小姐和诗乃小姐借走，带去河滩那边搬石头啦。要是带上米夏还能更省力一些，但又没法和孩子们说不给玩了……"

"原来是这样。"

看来在Unital Ring世界里，宠物还会在一定程度上听从饲主好友玩家的指示。

"那我也去帮忙吧……"

听到我这句低语，亚丝娜、莉法、爱丽丝和结衣也异口同声地说"我也去"，于是我们把这里交给米夏的饲主西莉卡，准备前往城镇西南边的城门。

出了内环往西走几米，我就听到了好几道脚步声。八时路那边出现了几个人影，是莉兹贝特和诗乃，阿黑和阿鼹就跟在她们后面。两只宠物都背着一个像是亚丝娜做的行李袋。

"辛苦了。"

我向她们打了声招呼，莉兹贝特也回了一句"哟"，可诗乃一直低着头，似乎是在沉思。阿黑跑了过来，我挠了挠它的脖子，对枪手说：

"诗乃，你怎么了？"

"咦……哦哦，在想点事情……"

诗乃停下脚步，看着站成一排的我们说：

"我在想，桐人镇周边资源丰富是一件好事，可是那些东西也有可能反过来被袭击者利用吧。"

"咦……什么意思？"

"比如说，如果木工技能的制作菜单里有投石机和破城锤之类的东西，那只要能从河滩和森林那边拿来石头和木头，不就能无限生产了吗？就现状来看，就算做不到这种程度，也能做一个碉堡来当据点了吧……"

"碉堡……"

我复述了一遍，和亚丝娜她们对视了一眼。

在我贫乏的知识里，所谓的碉堡好像是一种与能连射的大型火器配套使用的东西。现在诗乃背着的滑膛枪也无法破坏城镇的墙壁，如果敌人的武器与之相近，那趁他们装填子弹的空当靠近也不失为一个办法……想到这里，我突然发现了一件事。

"对哦，是不是有些从GGO转移过来的玩家继承了大型枪械？"

"是的。现阶段估计还和黑卡蒂一样因为超重而无法使用，但迟早也能用上。在那之前，最好想一下对策。"

"嗯嗯……"

老实说，现在我还无法想象那个画面。先不说投石机和破城锤，在城镇外围建一排石砌的碉堡，再从碉堡上用重型机关枪扫射——对于这样的场景，我实在没什么实感。

可是对于诗乃来说，这肯定是她在GGO世界里见过很多次的战斗场面之一吧。既然帕特尔族的人已经搬进这座城镇，连孩子都生了，我们也不能轻易舍弃这里，要负起设想一切可能发生的状况，并事先做好准备的责任。

"……我明白了。只要大家一起绞尽脑汁，就一定能想出不让外面的资源被敌人利用的方法。不过今天应该优先讨论的是……"

说到这里，我停顿了一下，依次看了看众人的脸才说：

"决定这座城镇叫什么名字。"

"咦，不是叫桐人镇吗？"

诗乃这么答道，亚丝娜等人也点了点头，我赶紧伸出两手说：

"不行不行！要是真的用了这个名字，肯定更容易受人袭击啊！"

"哦……原来你也觉得自己会被人盯上啊。"

莉兹贝特一针见血地这么说，我也无法立刻反驳。莉法和亚丝娜在一旁偷笑，爱丽丝则神情严肃地说了一句：

"你在ALO和其他世界到底都做了些什么？"

我们回到小木屋，西莉卡也终于从小老鼠们那儿脱身，大家会合后就在客厅里围坐成了一圈。那张让亚丝娜引以为豪的大桌子依然不见踪影，我很想尽快给她做一张新的，但也得先找到一棵树干至少有一米五粗的树木。可惜长在这一带的环松和其他种类的树木最多也只有八十厘米粗，不足以做出能让十二个人围坐的桌子。

幸好固定在厨房里的炉灶没有消失，莉兹贝特也能用锻造技能制造锅具，所以还能煮个开水。亚丝娜将冒着热气的锅端来，往里面撒了一些黑色粉末。

"……亚丝娜，那是什么？"

莉兹贝特的问题让亚丝娜略显得意地回道：

"昨晚等你们回来的时候,我在森林里采摘了各种植物的叶子,就试着用锅干炒了一下,结果那些叶子变成了这样的粉末,我也获得了制药技能。可是只有一半能煮出味道做成饮料,剩下的就做成染色剂了。"

"染色剂……"

我重复了一遍才发现一件事——在我们出发前往基约尔平原时,亚丝娜的头发还像在阿尔普海姆时那样是水蓝色的,现在却像艾恩葛朗特时期那样变成了鲜亮的栗子色。

"……你这头发是自己染的吗?"

"你终于发现啦。"

亚丝娜无奈地说。我继续向她抛出问题:

"还有其他颜色的染色剂吗?"

"我看看,有比较深的褐色、暗红色和深灰色。"

"嗯嗯嗯……"

有那么一瞬间,我也考虑起了要不要换一个发色,但说心里话,我对这些颜色都不是很感兴趣。西莉卡一边拨弄自己那头与亚丝娜相近的淡棕色头发,一边说:

"比起夸张的颜色,黑色的染色剂说不定会更少见哦。桐人哥要是换了发色就可惜了。"

"嗯嗯嗯嗯……"

在我嘟哝的时候,亚丝娜已经将数量与人数对应的烧陶杯子摆到地板上,并用木制的长柄勺把锅里的液体舀到杯里了。

"茶也做了好几种,其中最受好评的是这种。"

"那是和其他几种相比而言。"

爱丽丝插嘴道,或许是试过味道了吧。旁边的西莉卡也在频频点头。

接着亚丝娜给众人分发了杯子,只见杯里的液体染成了浓浓的紫黑色。我先闻了闻气味,要说是茶也挺像是茶,要说是药,这种刺激性的复杂香味也确实像是那么回事。尽管有些不安,也总不能白费亚丝娜的一番努力。

我战战兢兢地啜饮了一口,一种类似于麦茶加赤紫苏的味道在嘴里漫开,血条右侧也亮起了一个树叶状的Buff图标。

"……这不是药吗?!"

我大叫道,爱丽丝和西莉卡也连连颔首。

Buff的具体效果很令人好奇,不过尝起来也不算难喝,我向亚丝娜道谢并给出感想后,时间已经来到晚上7点,克莱因也登录了游戏。艾基尔要10点左右才能参加,毕竟他的本职是咖啡厅兼酒吧的老板,这也是没办法的事。

会议一开始,我就提出了城镇正式名称的议题,然而包括我在内的每一个人提出的方案都未能超越"桐人镇",于是就成了待解决的问题。

第二个议题是继帕特尔族之后的NPC移居计划。第一候补是与西莉卡、莉兹贝特和结衣结下友好关系的巴钦族,而且他们的居住地离这里也很近;第二候补则是诗乃遇到的那些鸟人,即奥尔尼特族。他们能熟练使用滑膛枪,这是目前最有力的远距离攻击手段,假如他们可以移居过来,我们也能壮壮胆。可是他们的镇子在广阔的基约尔平原的另一头,离得很远。据诗乃所说,我们曾与魔法青蛙"Goliath Rana"大战的石壁对面还有一种强力的恐龙型怪物出没,一行人要赌上性命才能横渡平原,也不能保证对方会接受移居的邀请。

这么一想,还是先邀请巴钦族好些吧。得出这个结论后,我们也敲定了让莉兹贝特负责交涉的方案,结衣和亚丝娜也主动请缨要和她一起去，我也很想跟上她们，但这之后我还有其他重要任务。

第三个议题则是诗乃关心的"城镇周围的丰富资源可能会被敌人利用"。众人也就此提出了各种意见，最后得出的结论是只能加强防范。既可以扩建防卫线上的石墙，在内部铺砖，也可以采取一些措施，让敌人无法采集石头和木材。如果扩大防卫线，在警戒和防卫方面就需要增加很多人手，我们的素材采集工作也会变得很够呛。再者，本来建造城镇的目的就是让其他玩家不敢攻击，因此比起加固物理性的防御，还是应该先将这里发展成真正的城镇。为此，一名擅长收集信息的伙伴是必不可少的。

会议结束后，西莉卡、米夏、诗乃、克莱因和爱丽丝负责留下来守卫"桐人镇"（暂定），我则带着阿黑出发前往斯提斯遗迹，等着和阿尔戈会合。在我就要走出西南边的城门时——

"桐人，我也想一起去。"

爱丽丝边说边跑了过来。她穿着一身金属铠甲，还披着一件带兜帽的斗篷。兜帽上缝了两个口袋，从ALO的虚拟形象那里继承来的猫耳朵就藏在那里面，看起来相当可爱。

"咦……你要一起去？为什么？"

"哪有什么为什么，我偶尔也想外出走走啊。"

她面带不满地回道，然后收起表情，小声补充了一句：

"而且，我有话要和你说。"

看她认真的模样，我大概能猜到她想说什么，也就不好拒绝了。

"……好吧。不过得先和其他人说一声……"

"我和克莱因还有诗乃说过了。不知道为什么，克莱因听了之后笑嘻嘻的。"

"……"

待会儿得发个信息，让他别闹出什么奇怪的误会才行。我这么想着，开口说：

"那……好，我们走吧。动作得快一点了。"

"没问题。"

在爱丽丝回答的同时，阿黑也低低地"嗷呜"了一声。

于是两人一豹轻轻推开厚重的木制城门，走到城外，向南边的河流奔去。

13

9月29日晚上7点,我和可靠的伙伴们的角色数据大致如下:

桐人:单手剑士/锻造师/木工/石匠/木匠/驯兽师 16级 "刚力"
诗乃:枪手/盗贼/石匠 16级 "机敏"
爱丽丝:单手变种剑士/陶工/纺织工/裁缝 15级 "刚力"
莉法:单手变种剑士/木匠/陶工 12级 "刚力"
莉兹贝特:战锤手/锻造师/木工/纺织工 11级 "顽强"
西莉卡:短剑士/驯兽师/纺织工 10级 "机敏"
结衣:短刀手/火系魔法师/厨师/纺织工 10级 "才智"
亚丝娜:细剑士/药师/厨师/木匠/陶工/纺织工/裁缝/驯兽师 9级 "才智"
克莱因:弯刀手/木匠/石匠 8级 "刚力"
艾基尔:斧战士/木匠/石匠 8级 "顽强"

米夏:棘针洞穴熊 6级
阿鬣:长嘴大鬣蜥 5级
阿黑:背琉璃暗豹 5级
毕娜:使魔龙 2级

克莱因和艾基尔昨天才转移过来,所以他们等级比较低,倒是亚丝娜从Unital Ring出现的时候起就一直在玩,等级却没有提升多少——大概是因为她经常留下来看家吧。不过让人肃然起敬的是，她习得的技能是最多的，但在生存系RPG里，最终决定玩家生死的还是血量。

我和诗乃的等级之所以比较超前，是因为我之前击倒了棘针洞穴熊，即米夏上一代的个体和Goliath Rana，而诗乃击倒了一只叫"斯特罗克法洛斯"的头目级怪物。下次去狩猎大怪物的时候一定要让亚丝娜同行，好让她升级。话说回来，走在我身边的这位猫耳骑士不也和亚丝娜一样，一直留在这儿看家吗？

我们一路沿着河边奔跑，我关上刚才一直在研究的好友列表，向同行者问道：

"我说爱丽丝，你是什么时候升到这个等级的？"

"当然是昨天和今天白天啊，我又不用去上学。"

我能从这句回答中听出一点闹别扭的意思，不禁缩了缩脖子。听说爱丽丝之前也向RATH提过想去归还者学校上学，但不难想象，目前他们还不允许她这么做。

至少在明年3月亚丝娜毕业之前，让爱丽丝来学校参观一次吧。带着这种祈祷，我又问道：

"家那边……我是说城镇周边，有适合练级的怪物吗？至今遇到的都是狐狸和蝙蝠这些很灵活的动物……"

"在森林里是这样没错。不过不管灵活与否，我都不喜欢为了经验值而猎杀大量野兽，这一点你也是知道的吧？"

"哦哦……说得也是。那你是拿什么练级的？"

爱丽丝闻言便瞥了右边黑漆漆的河面一眼，说：

"不知道这条河附近会不会也有……城镇西边有一处深潭，那里潜伏着一种叫'四眼大涡虫'的怪物。"

"四眼？那是什么样的怪物？"

"简单来说，它的外形像一座巨型山丘，宽度约十五限，长度大约有两梅尔以上吧。"

她用两手比画着说。最近她似乎也习惯使用现实世界的单位了，会经常说厘米或米，但唯独在和我独处的时候会像还在Under World时那样用回"限"和"梅尔"，这一点估计就连她自己也没有发现吧。

"它整体呈透明的灰色，白天如果没有阳光直接照射在河面上就几乎看不到它。如名所示，它头上有四只眼睛，要击倒它就必须精准地从那中间将它劈开。要是将它拦腰斩断，它后半部分的身体还会长出脑袋，自身也会迅速变长，分裂成两只。"

"呃……跟片蛭一样啊……"

我皱起整张脸，模糊地想起初中好像学过片蛭和笄蛭都是涡虫同类的知识。

"'四眼大涡虫'肯定也算是生物，可是在情感上又比猎杀狐狸或兔子的时候轻松很多。这应该算是人类的……怎么说来着……"

"Ego？"

"就是这个词。现实世界的人经常说一些奇怪的神圣语……不，是英语，害我总是记不住。"

爱丽丝耸了耸肩膀说。在她另一侧的沙地上快步奔跑着的阿黑也"嗷呜"了一声，似乎在表示赞同。应该不是我一会儿说"阿黑，攻击！"一会儿又说"阿黑，attack！"地随意对它下达指示的原因……应该不是吧。

"嗯，这一点我也同意……可是，让你一个人应付这种越砍越多的麻烦怪物还是太危险了。在这个世界里，玩家死了就彻底完蛋了啊。"

"这在Under World和现实世界里不也是一样的吗？"

被她当场这么反驳，我也只能说一句"确实"表示同意了。在她看来，所有的世界都具有相等的价值，像ALO和GGO这种"不论死去几次都能复活的世界"反倒是一个例外。

在VRMMO里轻松自如地重复死亡与复活时，人对生命的看法会不会发生变化呢……我的脑子里刚冒出这些不合时宜的想法，爱丽丝的声音就把我的意识拉了回来。

"而且，正因为'四眼大涡虫'会越砍越多，我的等级才能提升啊。"

"咦？哦哦，也对，先故意增加数量再砍倒其中一只，这样重复操作就不用等它们刷新，可以一直狩猎了。"

我不由得感到佩服，突然又想到一个问题。

"咦……你说那是深潭，就是要在水里战斗吧？你会游泳吗？"

话音刚落，我没有铠甲遮挡的右上臂就被她用指尖狠狠地戳了一下。

"你这人还是老样子，总是不经意地在口头上侮辱我。人界的确有很多平民不擅长游泳，但我不属于其中。"

"可是，你是在哪里练习游泳的？该不会是在鲁鲁河或诺尔奇亚湖里游吧？"

一听到位于北圣托利亚郊外的河流和湖泊的名称，爱丽丝脸上瞬间多了一些怀念之情，眯起了眼睛，但很快又摇了摇脑袋，说：

"当然不是了。你也忘不了那个地方吧，在中央大圣堂第九十层，有一个长约四十梅尔的……"

说到这里，爱丽丝就不自然地停下了。我没能从她的表情里看出"说漏嘴了"的意思，大声喊道：

"咦，你，你还会在大浴场里游泳?!那是在当上整合骑士之后的事吧？搞什么啊，在我和尤吉欧面前装模作样的，结果自己一个人跑去澡池游……好痛！"

一记比刚才更用力的戳击让我发出了惨叫声。

后来骑士闹起了情绪,一直保持着沉默。可我总算弄明白她的等级突然飙升的原因了,便把这件事记在心里的记事本上,盘算一有机会就让大家都去试试,然后集中精神赶路。

河滩上有很多石头,河边被水打湿,成了踏实的沙地,跑起来很轻松。当然了,这里也会出现怪物,最具攻击性的就是一种叫做"紫色大额蟹"的螃蟹,动作非常灵敏;还有一种叫做"锯齿蛇蜻蜓"的恶心羽虱,但这两者都不会发起什么令人不快的特殊攻击。相对地,它们的等级都偏高,对于等级是个位数的玩家来说算是强敌,可于16级的我、15级的爱丽丝,还有一不小心就升到了5级的阿黑而言,打起来也不是很费劲。估计这些怪物与前天夜里出现的莫克里一行,还有昨天晚上来袭的修兹等人一样,都是沿着这条河一路走来的。

也就是说,要是现在又有新一批敌人盯上了我们的城镇,就很可能和他们碰个正着。所以我们没有点亮火把,只靠着夜空中的淡淡月光前进。与现实世界此时就要下雨的天空不同,这里的月亮皎洁明亮,还算方便赶路。

我心想可以顺便夜视技能的熟练度,就一边凝视前方的黑暗,一边奋勇前进。过了三十多分钟,终于可以看到前方的森林入口了,我便放缓了脚步。

原本长到河边一带的茂密树木渐渐变得稀疏,取而代之的是低矮的灌木,最后连灌木也不见了。眼前是一大片让人联想到非洲热带草原的草地——这里就是广阔的基约尔平原的东边。河流还在向南流动,但原本便于奔跑的沙地已经消失,左右两边的河岸都成了陡立的山崖。从这里开始,我们只能在草原中潜行了。

"……要是有船就好了……"

在给阿黑投喂北美野牛肉干的同时，我这样嘀咕了一句。爱丽丝听罢便微微歪着脑袋说：

"你不是能造一艘吗？"

"要，要我造船？"

"也没叫你造一艘气派的帆船，独木船之类的应该可以吧……"

"……确实。"

我轻轻点头道。据克莱因他们所说，我们的目的地——斯提斯遗迹似乎就在这条河一路南下的地方。坐独木船逆流而上是很困难，但若是顺流而下——

接着我打开环形菜单，启动初级木工技能的制作菜单，滑到"粗糙的小木屋""粗糙的石墙"等等与房屋建筑有关的选项下方一看，果不其然……

"找……找到了。"

看到列表的几乎最末尾写着"粗糙的大型独木船"，我忍不住打了一个响指。而且名称右边还有一个双矩形图标，如果是锤子图标就必须自己动手削木头，而带有双矩形图标就意味着只要素材足够，就可以按下菜单里的按键，一键完成。下方还紧跟着一个"粗糙的小型独木船"，小船也能载两个人，但考虑到阿黑也要上船，还是得造一艘大型的。

"我看看，大型独木船的所需素材是……一根'已加工的粗圆木'、两根'已加工的圆木'、十捆'细绳'、二十根'铁钉'和两瓶'亚麻仁油'。"

"需要的素材还挺多……"

"那是肯定的，总不可能只挖根圆木就做好了吧。"

我一边回应，一边逐一点击列表里面所显示的素材名。Unital

Ring的UI做得非常人性化，只要点击一下就会出现一段说明文字，显示现在持有的数量。

"现在手上没有圆木，不过去旁边砍点树就行了。细绳只够一半，也可以用草来做……可恶，还差三根铁钉，就这东西是没法当场做的。"

要从零开始制作铁钉，就需要用炼铁炉熔化铁矿石，做出铁锭，并将它放到铁砧上，用锤子敲打。炼铁炉和铁砧都在小木屋的院子里，现在也不可能折返了。

"真倒霉，明明有三瓶亚麻仁油……爱丽丝小姐，你身上有带铁钉吗？"

"不要指望我。"

回完这么一句，爱丽丝也打开环形菜单，移动到道具栏，麻利地搜索了起来。

"……没有……"

"我想也是……"

爱丽丝所习得的生产技能是裁缝、陶工和纺织，都与铁钉无缘。再者，铁钉现阶段还是贵重物品，我们原本也只是做来修缮小木屋和打造水井的。

"没办法了，从草原上走吧。反正原本就打算走这条路。"

"说得也是。"

爱丽丝点头道，正打算关闭窗口，却突然停下了手。

"不对……等一下，我记得……昨天我们击倒的那些小贼留下了什么……"

她的手指飞快地划过菜单，用力按下按键，窗口上随即出现了一个实体化的道具——

"凳，凳子？"

那是一张圆形的小凳子，座面连着四条腿，设计简单，颜色看上去很老旧。

"……那些人是来杀我们的，为什么还随身带着凳子啊？"

"谁知道……说不定是休息的时候用的吧？"

"……也是。比起地面，还是凳子坐着舒服一些。那……你打算拿这凳子做什么？"

"这还用问吗？当然是把它拆解了啊。"

听到她这么说，我不禁用右拳打了一下左掌。确实，圆凳的腿都是用铁钉钉在座面上的，只要能回收那些铁钉，就能集齐制作独木船所需的素材了。

"可是能完好收回铁钉的概率不是很高啊。"

"因此就请你这个具备木工技能的人来拆吧。成功率或许多少会提高一些。"

"……有道理。"

虽然爱丽丝说得没错，但就算不同的技能可以提升系统上的成功率，我在幸运值方面也还是没什么信心。我甚至偷偷担心起了自己是不是在SAO里与亚丝娜一起幸存下来的时候就耗光了出生以来的所有运气。

还是让爱丽丝来拆吧——在我说出这句话的前一秒，阿黑突然用脑袋蹭起了我的左腰。

"嗷呜！"

这道像是训斥的吼声让我突然醒悟，昨天我能在那种濒临冻死的情况下成功驯服阿黑，的确是万里挑一的幸运。看战力和出现频度，"背琉璃暗豹"也算是相当稀有的怪物，我又没有驯服技能，能通过投喂成功驯服它的概率本应几乎为零。

"……是啊……我已经算是非常幸运的了。"

我挠了挠阿黑的脖颈，并用同一只手举起圆凳。意料之外的重量让我有些惊讶，于是用右手点击了一下，"上等栎树的圆凳"这个道具名称就出现了。这怎么看都不像是昨晚那群袭击者做出来的，大概是在某个地方捡到的吧。

突然，我冒出了一个念头。破坏带有"上等"属性的道具实在是有些可惜，可是仔细一看，这张凳子的耐久度也不剩多少了。只要我认真修炼木工技能，肯定也会有做出上等家具的一天吧。我这么对自己说，按下了菜单窗口里的分解按钮。

哐！一道破碎声响起，圆凳应声四分五裂，然后消失。按照系统设定，可以回收的素材会直接放入道具栏，我便战战兢兢地打开窗口查看。道具是按照获取顺序排列的，排在最上方的是"上等铁钉"……三根。

"太好了！"

"干得漂亮！"

在旁边窥探窗口的爱丽丝也难得笑容满面地喊出声来了，于是我试着举起双手，示意愣了一下的骑士做出同样的动作，使劲和她击了一下掌。在惹她生气之前，我就冲向附近的森林，判断周围基本安全之后就点亮了火把，接着高举光源，物色品相不错的良木。清单里指定的主要素材是"已加工的粗圆木"，所以必须采伐比环松更粗的大树。

幸运的是，我在爱丽丝追上来之前的短短时间里找到了一棵直径一米左右的粗壮阔叶树。在光滑的树皮上点击一下，一个小窗口就"咻"的一声出现了。上面写着"杰鲁埃柚木古树"……我记得现实世界里也有柚木这个种类的树木，但"杰鲁埃"又是什么意思呢？我挠挠头，随即就想到了：

"哦哦……是'杰鲁埃特里奥大森林'的杰鲁埃吧……"

"好高大的树啊。"

爱丽丝似乎并不打算追究我逼她击掌的事,听了她的话,我也点头道:

"说不定是稀有的树木,我们记下这个地方吧。"

"在地图上标记一下不就行了吗?"

"咦?"

原来还能这么操作啊?我一边想,一边打开地图窗口,试着长按现在的所处位置,一个副窗口随之出现,上面还排列着几个小图标。我先点选了树形的标志,"嘭!"地图上立刻就多了一个立体图标。

"哦哦……这可真方便。你应该早点告诉我的。"

"大概只有你没有发现这个功能了。"

"……我错了。"

我在为自己的无知道歉的同时关上窗口,准备拔出左腰上的铁剑——

"我来砍吧,我的剑比较重……照明就拜托你了。"

"咦?用剑砍伐树木需要一定的技巧哦。"

"之前说过了吧,我在卢利特村砍过比这还大的树,也是靠这个赚取生活费的。"

"……哦哦,你是这么说过。"

听到这声低语,爱丽丝朝我笑了笑,用手势示意我退后。我带着阿黑一起往后退,高高举起火把,在一旁守着。

骑士脱下披在身上的斗篷,先是抬头看了看这棵粗大的杰鲁埃柚木,接着将两脚前后叉开,用右手握住长剑的剑柄,一气呵成地拔剑出鞘。随后她微微压低重心,毫不犹豫地发动了剑技"水平斩"。

她身上穿的是朴素的白色连衣裙和简陋的铁甲,但在那一瞬间,竟与黄金整合骑士的身影重合了。长剑在黑夜里拖曳出一道蓝色闪光,以完美的角度劈入杰鲁埃柚木的树干,发出响亮的冲击声。在夺目的特效光消失后,看似坚硬的树干已经被剑身砍进了二十多厘米。

"唉……似乎还是无法一招砍断。"

"单凭一招就能砍这么深,已经够吓人的了……"

我小声感叹了一句,又提高音量说:

"爱丽丝,我去做绳子,那棵树就交给你了!"

见骑士竖起左手的大拇指,我就用附近的树枝固定好火把,在脚边的草丛处蹲下。

五分钟后,我们集齐了所有材料,回到了河边。

我再次打开初级木工技能的菜单,按下"粗糙的大型独木船"的制作键,眼前那片漆黑的水面上马上就多了一艘淡紫色的透明小船。和建造石墙的时候一样,也是虚拟物体。

我用右手拖动虚拟物体,一离开河面就变成灰色了,或许是只能在水面上造船吧。于是我走到河流边缘,用力把手握成拳头。

伴随着一阵噪音,小船的零件纷纷从空中掉落,精准地与虚拟物体重合,化为实体。"扑通"一声过后,一艘长约五米、宽约九十厘米的独木船就浮现在河面上了。不过这艘小船可不是简单地用圆木挖出来的,右侧延伸的两根桁架上还安装着细长的浮板,即舷外浮体。包括浮体在内,小船的宽度目测将近两米。船的底板上还备好了长桨,船尾的锚索则没入水中。

"哦,这小船还挺漂亮的。"

"肯定是因为你采伐的木材质量不错。"

我说完就跳上了小船。多亏有那块舷外浮体，小船比想象中平稳多了。将火把插进船边配备的插口之后，我朝爱丽丝伸手，拉她上船，结果阿黑轻轻一跳就抢占了船头位置。幸好是"大型"船，两人一豹坐上来后，近五米长的船内还有很多空位。

现在是晚上8点。造独木船花费了将近三十分钟，但比起在陆地上一边打怪一边赶路，走水路应该能省下不少时间吧。

"好了，出发吧！"

我收起锚索，气势十足地宣布道。船头的阿黑也雄赳赳地回了一声"嗷呜"。

因为操作原理和曾经在艾恩葛朗特第四层大放异彩的凤尾船基本一样，所以我只练习了两三分钟就学会用桨划独木船了。只要把桨往前倾，再一摆就能前进，把桨垂直立起就能刹住，而把桨往后倒，再一摆就能后退；桨往右摆是左转，往左摆则是右转。现在这艘船是顺流行驶的，只需轻轻一划就能像滑行一样加速。过了一会儿，我的视野里出现了一条信息，写着："获得驾船技能，熟练度上升至1。"于是我确认了一下效果，转弯的速度似乎快了一些，翻船的概率也变小了。

划船本身很有意思，只可惜河流左右两边净是一些凹凸不平的断崖，就算撇开夜晚的原因，也根本无法与艾恩葛朗特第四层的美景相比。在我一边摆动船桨，一边回想和亚丝娜坐着涂成纯白色的凤尾船"蒂涅尔号"游遍河流和湖泊的那些日子时，坐在前方船凳上的爱丽丝转过头来，将我从遥远的回忆中拉回。

"对了，神代博士找你说了什么？"

"咦？"

我一时之间有些糊涂，然后才想起之前那个"高级蛋糕店"的口信。

"哦哦……那个啊,其实凛子小姐也只是受人之托而已。"

"果然……我就觉得是这么回事。"

爱丽丝低语了一句,整个人转过身来问道:

"约你出去的是菊冈吧?"

从提问的语气和表情就能看出来,她对菊冈诚二郎这个人没什么好印象。这也难怪,她几乎没有和菊冈正经地说过话。

——那个大叔看上去是有些可疑,但还是有不少优点的。还请我们吃蛋糕了。

我略过这些好话,反过来向爱丽丝问道:

"你该不会是为了问这件事才跟来的吧?"

"也不只是这个原因。那么……菊冈说了什么?"

我犹豫了一下,不过本来就打算今晚主动说出这件事,于是稍微放慢划船的速度,简洁地解释道:

"他说,好像有人入侵Under World了。"

"什么?!"

她瞪大了蓝色的眼睛,整个人也从凳子上弹起了些许。

"入侵者?!是什么人?!"

"现在还不清楚,也无法从现实世界调查。"

这句话让爱丽丝维持着半起身的姿势僵了好一会儿。接着她在一声叹息中再次坐下,说:

"……神代博士为什么不告诉我呢?"

"那还用问吗?以你这种脾性,一听说这件事肯定会一个人发起速攻的。"

"最近我算是听明白了,你们经常说的'速攻'这个词并不是全速进攻的意思。"

她似乎冷静了一些，用一句吐槽顶了回来，接着轻轻点头道：

"的确，我无法否认这一点。看来我的脾气比自己想象的还要火爆一些。"

——原来你之前都没有意识到啊?!

这句话当然不能说出口。我对骑士点了点头，说：

"我也明白你的焦虑和不安，但要在那个广阔的Under World找出一个人，没有计划是绝对不行的……"

"难道要放着不管吗？"

"怎么可能啊，菊冈约我出去，就是想让我潜行到Under World。"

"什么?!你要去的话，我也……"

爱丽丝正想再次起身，我用左手按住她说：

"当然啦，到时也会请你一起去的，他也点头了。你可别怪神代博士隐瞒有入侵者这件事啊……毕竟那个人把你我的安全看得比什么都重要。"

"……我知道。凛子是我在现实世界里最信任的人类之一。"

"咦……那些人类里面有我吗？"

"就是因为你总提这种问题，信赖度才会下降。"

她无奈地说完，突然又像想起什么似的凑上前来说：

"……你向菊冈提出要求同行的人只有我一个吗？"

"不是……呃，还有亚丝娜。"

"我就知道是这么回事。"

爱丽丝颔首道。我很想从那张侧脸读取她内心的想法，只可惜我并没有那种技能。

对话期间，独木船依然在漆黑的河面上快速前进。从森林小镇出发到现在，我们的移动距离已经超过十五公里了。离目的地斯提斯遗迹大致还有三十公里，我估算了一下，假如这一路上没发生什么事，大约再过三十分钟就能抵达。

出发前我们都喝足了水，也填饱了肚子，但回过神来才发现，TP条已经缩减了将近一半，不过坐船时也不用担心水源。我从道具栏里拿出烧陶杯子，舀起河里的水，与爱丽丝轮流喝完了一杯。现在是夜晚，我无法确认河水的透明度，要说担心也确实有些担心，可这水喝起来没什么异味，阿黑也毫不嫌弃地喝了，大概不会喝坏肚子吧。

河流的宽度逐渐变大，左右两岸的陡立断崖依然连绵不绝，如此单调的风景实在让人犯困。可是有些长得像水蚤和田螺的怪物会趁人不注意的时候跳上船来，到时就会演变成战斗，因此我坚持履行船夫的职责，不敢因疲劳驾驶而引发事故。

一直开启的地图大部分都是灰色的，表示那里是无人踏足的地区，唯独中心有一条直线染成了蓝色。驾船技能的熟练度眨眼之间也提升到了5，干脆把主业转成船员也不错……就在我冒出这个念头的时候——

"桐人……你有听到什么声音吗？"

一直盯着前方的爱丽丝说。与此同时，占据船头的阿黑也竖起长长的尾巴，发出"咕噜噜噜"的低吼声。

是敌人吗？还是野外头目出现了？

我打起精神，竖起耳朵细听，似乎能隐约听到一阵重低音。好像是某种非常巨大的野兽在咆哮——不对，如果是咆哮，这声音也太缺乏起伏了。那是一阵"哗啦啦"的单调声响，唯独音量在一点一点地变大。

"桐人，快停船！"

听到爱丽丝大喊，我也立刻明白过来了。仅凭火把的光和月

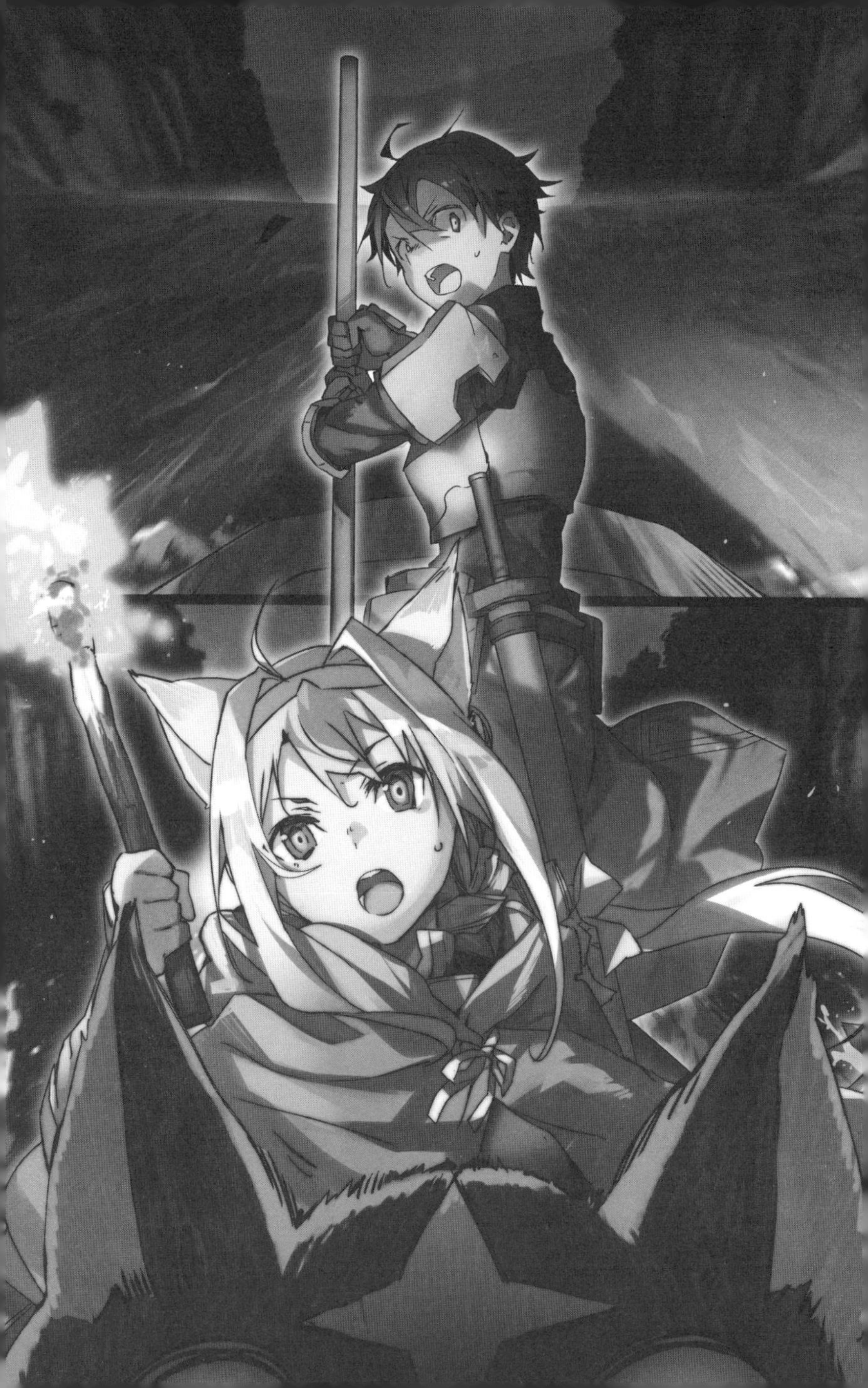

光很难看清楚,可是前方的河面貌似突然消失了。

"是,是瀑布!!"

我一边大叫,一边用力将船桨往后摆,但根本无法轻易刹停全速前进的独木船。不一会儿,那震耳欲聋的轰鸣声就盖过了我和爱丽丝的喊叫。

下一瞬间,我的身体好像突然浮了起来。

不,是真的浮起来了——独木船冲出了瀑布口,划入空中。

"哇啊——!!"

"呀啊啊啊啊啊!!"

两种不同的惨叫声和阿黑"嗷呜——"的长长嚎叫声交织在了一起。

14

"毕竟是河嘛,有瀑布也不奇怪……"

我这么嘟囔着,全身上下都在不断地淌水,身边的爱丽丝有气无力地回道:

"真希望你能早五分钟发现。"

"左右两边的河岸都是山崖,就算我提前发现了,也只有跳进瀑布和逆流而上这两个选择啊……"

"只要仔细找找,总会有上岸的地方吧。"

对于这句指责,阿黑也"嗷呜"了一声以表赞同,然后用力晃动全身,甩出大量的水珠。其中大部分直接甩到了我身上,不过就是让我从湿漉漉变成湿淋淋罢了。

"……幸好没演变成什么惨剧。我们都没溺死,船是翻了,但船本身没有损坏。"

"那段瀑布少说也有三十梅尔的落差,人没死,船也没事,真可算是奇迹了。你要好好感谢一下史提西亚大人。"

"哦……"

虽然我嘴上这么回答,但还是有些难办。毕竟对现在的我来说,Under World的创世神史提西亚与亚丝娜就是同一个人。爱丽丝一直信奉史提西亚,似乎没法自然地将其与"超级账号01史提西亚"区分开来,但我一闭上眼睛,脑海里就会浮现出亚丝娜的脸。

于是我先在内心向亚丝娜版史提西亚道了谢,接着才开始确认情况:

我、爱丽丝和阿黑连同整艘小船掉进瀑布下的深潭,之后我们攀着翻倒的小船随波逐流了几百米，最后好不容易爬上了岸。幸亏从瀑布到下游的河岸也是一片河滩，我们才得以上岸，如果岸边依旧是山崖，说不定会一直被冲到河口——前提是这片陆地周围有大海。

不幸中的万幸，我们上岸的地方离原本预计的上岸地点并不远。目的地斯提斯遗迹大概位于我们此刻所在位置往西南方向走五公里的地方……应该吧。一片平坦的草原正沐浴在月光下，让我回想起了艾恩葛朗特第一层——起始城镇周围的环境。一路冲过去的话大概还用不了十五分钟，预计抵达时间是晚上8点45分。原本计划是9点到达，若是遇上什么状况可能还会延迟到9点30分，托这艘独木船的福，我们省下了不少时间。

我和爱丽丝费力地将小船翻过来，然后用船锚把它拴在了背后的河岸边。因为无法收进道具栏，我们也只能任它浮在水面上。可以的话，回程我也想搭船，不过怎么想都不可能让这艘小船逆着瀑布往上走。

爱丽丝似乎也在思考一样的问题，只见她轻轻摇了摇头，说：

"……实在不行，也只能再把它变回素材了。"

"是啊……不过船身上的杰鲁埃柚木木材大概没法回收了吧。"

"毕竟已经被刨过了……我会再去采伐，所以才做了标记。"

说是这么说，但爱丽丝心里估计也不想破坏这艘船。虽然没有像"蒂涅尔号"那样取了名字，但这艘小船已经不再是一个纯粹的道具了。

"我之后再想想有什么好办法……总之，我们先走吧。"

说着说着，大部分的装备也晾干了，我就这么说了一句。爱丽丝也点了点头。

草原上出现的兔子和蜗牛一类的怪物明显比大森林里的弱了一些，大部分用基础剑技就能一招摆平，非常轻松，但也没有多少经验值进账，掉落的道具也不怎么起眼。

不过正所谓积少成多，一路上我们三个都各升了一级。我升到17级，爱丽丝升到16级，阿黑则是6级。这么一来，能力值的存量也上升到了6，于是我打开获取能力的窗口，决定先花费一个点数。

现在我"刚力"能力树上的"刚力"是8级，其进阶能力"碎骨"是1级，让位于第二阶层的"碎骨"升一级需要花费两点，所以我计划先把"刚力"升到10级。我正准备按下获取键，却又看向在旁边奔跑的爱丽丝，说：

"说起来，你都获取了哪些能力？"

"1级的'刚力''碎骨''乱击'，还有2级的'碎铁'。"

"碎，碎铁？"

有这么一项能力吗？我皱了皱眉头，然后才终于想到——

"咦……那个能力是第四阶层的吧？升到2级的意思是，你用了八个点数？！"

我大吃一惊，爱丽丝随即瞥了我一眼，淡定地答道：

"因为我好奇有什么效果啊。"

"那……是什么效果？"

"'提高攻击时对敌方的防具、装甲等造成的伤害'。毕竟我用的是不管是盾牌还是铠甲都能一招击碎的整合骑士之剑。"

"……怪不得……"

我想起在中央大圣堂第八十层的"云上庭园"与整合骑士爱丽丝·辛赛西斯·萨蒂短兵相接的情形，不禁点了点头。当时我以为只要用连击剑技乱挥一通就会有胜算，但爱丽丝用神器"金桂之剑"狠狠刺出的那一剑非常沉重，实在让人难以招架，转眼间就把我逼到了墙边。

从玩家的角度出发，如果在等级不高的时候强行获取高级能力，效率就会很低……虽然我很想这么说，但这估计也是杞人忧天了。Unital Ring并不是普通的游戏，但又确实是一个游戏，让角色按照自己的意愿成长才是最好的。

"那要是有重武装的敌人出现就靠你了。"

"作为交换，如果来的是泥浆系或蠕虫系就交给你了。我暂时不是很想应付那些黏糊糊和软绵绵的家伙。"

"好好好。"

她到底猎杀了多少只"四眼大涡虫"啊？带着这个疑问，我一边点头，一边按下了"刚力"的获取键。

在那之后，我们也没有遇到什么不好对付的怪物，却因为一些意料之外的状况而被迫绕了几次远路——越是靠近目的地，就能看到越多手持火把练级的玩家团体。就现在这个状况，要是我们贸然跑了过去，就很有可能会被误认为PKer。

我灭了火把，一路留神不与其他玩家正面碰上，往西南方向前进。刚翻过一个小山丘，那东西就赫然出现在了我们眼前。

平坦的草原上耸立着一座小山般的巨大城寨，周围还有好几层弯弯曲曲的城墙，形成了一个像倒过来的陀螺似的圆锥形。这座沐浴在月光中的都市直径约为一公里，高度也有两百米左右，单从规模来看，比起始城镇还要大一些。

然而仔细一看，城墙上到处都有严重的破损，也几乎看不到照明。城镇中心勉强亮着橘红色的光，但从整体上看，这与其说是都市，倒更像是一座迷宫。

"……那就是斯提斯遗迹？"

我在山丘最高处停下脚步，小声说道。爱丽丝则用指尖提起兜帽的边缘，说：

"那些城墙与其说是自然崩塌的，更像是经历过什么大战才变成了这样。"

"听你这么一说还真是……墙壁中间开了一个大洞啊。不过那城墙看着也有两米厚，不用大炮轰的话也打不穿吧？"

"就当是用了吧，或者是用了同等威力的神圣术……不对，应该说是魔法。"

她的说法也不无道理。既然这个世界有燧发式的滑膛枪，那存在同等技术水平的前装滑膛炮也不奇怪。会不会是很久以前，某个地方的军队在草原上排开一列大炮轰炸过那座都市？还是就像她所说的那样，都市是被魔法破坏的？

"所以呢，你们约好在那遗迹的什么地方碰面了？"

"啊，对哦。"

我想起千里迢迢跑来这里的目的，将目光移向右边说：

"我看看……是约了9点在位于遗迹正北方五百米的一棵大柳树下见面。"

"现在离9点不是只差五分钟了吗？"

"我们约好要是会迟到就先在现实世界里联系对方了，大概能勉强赶上吧。阿黑，肚子饿了吗？"

也不知道这只黑豹能听懂多少人话，刚才还乖乖地坐着，这会儿竟轻轻地"嗷呜"一声，站了起来。

周围一片昏暗，本以为很难找到那棵柳树，不过我们在山丘上大致找到方位，往西南偏南的方向走了一段，就发现前方有一个类似的剪影了。看那些下垂的长长枝条随夜风摆动的模样，这无疑是一棵柳树。虽然那地方看似会冒出妖怪……不，是灵体系的怪物，不过我心想阿尔戈不会选那种地方做碰头的标记吧，便径直走上前去。

"喂——阿尔戈，你在吗——"

就在我一边控制音量呼喊，一边靠近那棵枝节分明的古树的时候——

"桐人！"我听到爱丽丝喊了一声。

"咕噜噜！"阿黑也在低吟。

"噗噢噢噢噢噢！"一个奇怪的声音响彻了四周。出于条件反射，我握紧了剑柄，同时环顾周围。大柳树的树根处有一块崩塌了一半的石造墓碑，似乎散发着模糊的光……我刚这么想，一个滑溜溜的灰白色影子就从地面涌了出来。那影子整体呈透明状，穿着破破烂烂的旧款礼服，一头长发挡住了整张脸，枯枝般的手臂正笔直地伸向前方。

"……这不是有妖怪吗?!"

我大喊一声，拔剑出鞘。爱丽丝也架好了变种剑，阿黑则摆出了跳跃的准备姿势。

"噗噢噢噢噢噢！"

妖怪又叫了一声，藏在竹帘似的额发后方的一双眼睛放出蓝白色的冷光，笔直地注视着我。明明只是被当作攻击目标，妖怪的脑袋上就出现了纺锤状的红色光标。血条下方显示着它的名字，用字母表示的话，应该是Vengeful Wraith吧。

是英文名啊。我在大脑里嘀咕了一句。迄今遇到的怪物之中，只有在基约尔平原的石壁迷宫里与我们战斗过的喷火青蛙Goliath Rana不是日语名称，如果这里有头目级怪物的名字都用英语显示的规律，那对付这个Vengeful Wraith也就不能掉以轻心了。

双方都剑拔弩张地瞪着彼此，而率先结束这场角力的是幽灵。

"噗噢噢！"

幽灵发出嘶吼，像在空中滑行一般向左移动，接着突然猛地冲来。留着长指甲的右手伸得笔直，对准我的脖子狠狠挥下。

我反射性地扬起长剑，用力往后一跳。由于不敢确保能成功防御，我还事先留了一手，结果一语成谶，幽灵的右手打中我的长剑，速度瞬间放慢了一些，却带着烟雾般的特效穿透了剑刃。

"哦呜……"

接着我在半空中拼命将上半身往后仰，锐利的钩爪狠狠划过离我喉咙约三厘米的地方，在空中留下五道蓝白色的轨迹。

落地之后，我立刻发起了反击。"上等的铁制长剑"的剑尖精准地刺向幽灵的侧腹，然而这次也只是冒出一股浓烟，没有击中的感觉，对方的血条也只少了几个像素点。

"爱丽丝，物理攻击对这家伙几乎不起作用！"

我再次后退并大喊道。爱丽丝则回了一句："幽灵基本上都是这样的吧！"Under World里貌似没有出现过幽灵这种东西——类似生灵的玩意儿倒是见过一回——爱丽丝大概是在ALO学到这类知识的吧，希望不是在现实世界学的。

物理攻击对幽体系怪物作用不大，应付这种怪物主要有两种方法：要么使用火属性或光属性的攻击魔法，要么用辅助魔法给武器附上Buff，但是现在两种方法都不可行。如果我用的是爱剑——断钢圣剑，即便没有Buff，我也有信心可以一招让它成佛，但这把圣剑此刻还放在我们的小屋里，再说了，以我现在的能力值也根本拿不动它。

"噗噢噢噢……"

幽灵咧开的大嘴有些扭曲，仿佛在嘲笑我拼命思考的模样。

看到这一幕，我突然想到了一个可能性。

约我在柳树下碰面的阿尔戈现在怎么样了？周围都看不到她的人影，就算她身手再怎么敏捷，转移之后也只有1级，要是被这么棘手的幽灵袭击了，她根本束手无策。她该不会是在我们抵达之前就在这里毙命，永远被Unital Ring世界摒除在外了吧？

这个最糟糕的设想让我不由得僵在了原地，而幽灵没有放过这个破绽。

"噗啊！"

幽灵突然让半个身子潜到地面下，就那样猛地冲了过来。意料之外的举动让我来不及应对，只能勉强将长剑和左腕交叉，摆出防御姿势。接着幽灵竟从地面跳起，钩爪直接穿过了铁制的剑身和护腕，在我的上臂划出了深深的口子。

下一瞬间，我就感受到了一阵让人发麻的冲击和强烈的寒意。血条也被削去一成以上，还亮起了冰晶状的Debuff图标。我在基约尔平原上遇到暴风雪时也见过这个图标，会对玩家造成持续性的寒气伤害。

"可恶……"

我咒骂了一声，身后的爱丽丝就猛地抓住我的肩膀往后拉，然后往前迈出一步，与跟跟跄跄的我交换了位置。

"喝！"

一声有力的呐喊过后，她双手握紧的变种剑也发出了光芒。

这招很有分量的水平斩精彩绝伦，让人回想起她还是整合骑士的时期。那把变种剑比我的单手剑长了五厘米以上，剑刃完美地劈中了幽灵的身体，但是同样只劈出了一阵白色烟雾，敌人的HP也没有缩减多少。

紧接着，阿黑也朝幽灵飞扑过去，用巨大的兽牙深深地咬住了对方的肩头。或许是肉身攻击比铁剑更有效果吧，这次幽灵的血条被削去了百分之三左右，但它也不会就这样忍气吞声。

"噗噢噢噢！"

随着这一声愤怒的咆哮，幽灵狠狠地将双手的指甲扎进了阿黑的后背。

"嗷呜！"

阿黑发出惨叫，带着飞散的深红色伤害特效快速后退。它的HP缩减了一成以上，还中了寒气Debuff。

我一边忍受着深入骨髓的寒意一边移动，用左手抱住阿黑蜷缩成一团的后背。我不觉得自己有当驯兽师的天分，阿黑也是昨天顺水推舟地被我驯服的宠物，但是一想到会在这里失去它，我就萌生了一种让双腿发抖的恐惧。

再这样下去，我们不会有任何胜算。难道应该先撤退？可是幽灵在空中的移动速度很快，撒开腿跑就一定逃得掉吗？

说来，这个地方离初始地点也不过五百米，却出现了这么强大的怪物，这合理吗？我们两个16、17级的前卫和擅长战斗的宠物都被打成这样了，如果换作刚刚离开城镇的玩家，估计根本就逃不掉。把这只幽灵安排在这个位置到底有什么目的？

我断断续续地思考着，不知是该继续战斗还是走为上策。就在这时——

"桐仔，火攻对这家伙有效！"

身后突然传来一道声音，同时还有某个发光物体飞了过来。那是一个火环……不对，是一支回旋的火把。我勉强用左手接住火星飞溅的火把，大喊一声：

"爱丽丝，拜托撑个五秒！"

"我给你十秒！"

听着这句可靠的回复，我把长剑放到地上，然后全速打开菜单，将道具栏里仅剩的一瓶亚麻仁油实体化，用大拇指拨开瓶栓，把瓶里的液体倒在长剑上。待剑刃前前后后都淋满油后，我扔掉瓶子，站起身来。

这时爱丽丝正好用变种剑砍倒了幽灵。虽然HP还是没怎么缩减，不过此前一直穿身而过的幽灵被打得后退了。仔细一看，原来是爱丽丝正直举着剑，用剑脊殴打对方。

原来如此。我一边佩服，一边再次做出指示：

"爱丽丝，切换！"

骑士迅速后退，与她交换位置后，我便将左手拿着的火把凑到右手的长剑边。

接着火把"轰"的一声点燃了油，红红的火焰将剑刃裹了起来。要让长剑具备火属性，这就是最简单的方法，不过和用魔法加成相比，效果的持续时间不长，要是胡乱挥舞也可能会把火扑灭。

"噗呜呜呜！"

被我左手上的火把和右手上的长剑一照，Vengeful Wraith就举起双手，连连后退。我没有放过这个机会，在心里大喊了一声"可别熄灭了啊"！把临时凑合的火焰剑高举过头。火焰的红色与特效光的黄绿色交织在了一起。

"呼！"

我短促地呼气，继而跳起，发动剑技"音速冲击"，劈开黑暗猛冲过去。

"噗噢！"

幽灵伸长右手，一个图案复杂的圆圈随之出现，下一瞬间，它的五根手指就发射出了蓝白色的光针。是魔法攻击……但此时如果匆忙防御，就会错过发动剑技的时机。于是我选择相信莉兹贝特打造的铠甲的防御力，无视那些光针冲了过去。

"呜啊！"

三根针扎中了身体的不同部位，我感受着这股冲击，挥下长剑，并用力蹬地为"音速冲击"加速。仍在燃烧的火焰剑从幽灵的左肩头一路划到右侧腹，将它劈成了两半。

"噗啊啊啊啊！"

幽灵的上半身急速后仰，发出刺耳的惨叫声，血条也开始缩减。它之前的顽强仿佛只是过眼云烟，转眼间就被削去了一半HP，剩下四成……三成……最后停在两成半的位置。

敌人被一分为二，上下两半的切断面都冒出白烟，像黏液似的延伸接合。我本想乘胜追击，但长剑的火焰已经熄灭，我也因为发动剑技后的硬直而动弹不得。

就在这时，有人一把抢过我左手拿着的火把，将它甩进幽灵身体即将合拢的空隙之间。下一秒，它的上半身和下半身紧紧地贴在了一起，但插进身体的火把并未熄灭，火焰反而越烧越旺，在它体内大肆破坏。

"噗噢噢噢噢噢噢——！"

幽灵的身体后仰到极限，高亢的尖叫声变成红色的火焰，两只眼睛也喷出了火。它的血条再次开始缩减，这次是真的归零了。

白色的星光物质和红色的火焰画出一道道大理石花纹，越发膨胀，很快就引发了一阵足以撼动大地的爆炸。看这超夸张的消失特效，这果然不是什么喽啰类的怪物。所以说这种地方为什么会有头目级怪物啊！这个疑问在我的大脑里一闪而过，幽灵爆炸的地方还残留着一簇水蓝色的光，没过多久，那簇光就开始晃晃悠悠地上升，越来越靠近柳树的枝条。

"等，等一下！"

我大喊一声，手脚并用地攀着枝节凸出的粗壮树干往上爬，爬到树枝分杈的地方就以后仰的姿势用力一跳，然后尽全力伸长手指，好不容易才用指尖碰到那簇水蓝色的光。看到光膨胀得像一个肥皂泡泡并裂开之后，我才向后翻转两周落地。

接着我放心地呼出一口气，转头看向那个用火把给幽灵施以致命一击的玩家。

那人穿着朴素的沙色皮甲，左腰间别着一把小短刀，一头麦秆色的短发乱蓬蓬的，还有一双圆溜溜的金褐色眼睛。

"喂，阿尔……"

然而，我的招呼才打到一半就不得不停下了。只见这个小个子的虚拟形象脚边亮起了一个蓝色光圈——是升级特效。光圈反反复复地将她整个围住，三次、四次，还在持续，五次、六次……直到第七次才终于结束。

"哎呀呀，真是多谢了，都给我升到8级了。服了服了。"

"有什么服不服的，说明你的表现有这个价值……不对。"我往后方瞥了一眼，确认爱丽丝和阿黑都安然无恙之后才继续说，"阿尔戈，你为什么要指定在这种糟糕的地方碰面？我还以为你已经被那只幽灵干掉了。"

"我倒觉得这是要杀掉我们的陷阱呢。"

爱丽丝走上前来这么说道，让阿尔戈露出一个大大的苦笑。

"哎呀，也难怪你们会有这种猜测。"

她向前跨出一步，抬头看向比自己高出半个脑袋的爱丽丝。

这个时候我才终于发现，阿尔戈的虚拟形象比现实世界里的她稍显稚嫩了一些。与其说看着别扭，倒是让我产生了一种强烈的怀念之情——毕竟这就是SAO时期的阿尔戈。

不过，昨天阿尔戈好像……

"咦？你不是说没把SAO的角色转移到ALO吗？"

"哦哦，是这么说过。和克里斯海特见面时用的角色是重新制作的，用那个账号来这里也不是不行……不过既然又要和桐仔还有小亚一起冒险了，我就觉得还是这个模样更好啦。"

"话说今天是你第一次把SAO的角色转移到ALO，然后从那里直接登录吧？你选了哪个种族？"

我一边仔细分析她的脑袋和皮肤，一边问道。

"别这么看着人家嘛。"阿尔戈皱着眉头说完才答道，"我没空选什么种族，一进入ALO就立刻飞到了这个世界，等我一睁开眼睛就是这个样子了。"

"哦……照这么说，阿尔戈是人类……不对，应该算是还保持着艾恩葛朗特的人族的模样……话又说回来，ALO的运营公司已经被这些状况给弄得天翻地覆了吧，居然还能马上处理数据转移的事啊。"

"这个嘛，我在尤弥尔官网上的申请栏里输入SAO的ID和密码，按下发送键之后就立刻给我发来新ID了。感觉不像是人工处理的速度。"

"哦……之前好像还是人工操作的，什么时候自动化了……"

我歪着脑袋表示疑惑，不过这也不是什么大事，就耸了耸肩膀，就此作罢了。

"对了，你还没回答一开始的问题呢。"

"哦，你是问我挑这地方碰面的原因？"

阿尔戈抬头瞥了那棵巨型柳树一眼，皱着脸说：

"是我太大意了。之前我提起的其中一支UR攻略队伍制作了一个百科，上传了这一带的地图，那上面就有这么一棵柳树，还很体贴地附上了一句'周围没有怪物出现,很安全'的解说。"

"啥?!哪里安全了……要是等级不高的玩家靠近,估计一招就没命了。"

听到我的话,爱丽丝重重地点了点头,连阿黑也"嗷呜"地吼了一声。

阿尔戈看了看坐在爱丽丝身边的阿黑,问道:

"好帅的黑豹子啊。这是谁的宠物?"

"我的。话说你明明是老鼠,怎么会怕狗不怕猫呢?"

"亏你还记得。事先说明,狗也会抓老鼠。有一种狗就叫'捕鼠梗',是专门用来抓老鼠的。"

"哦哦……不对,我要问的是刚才那只幽灵啊。你看到的攻略百科资料是错的吧?"

"感觉也不像是错的。你看看这个。"

阿尔戈打开环形菜单,移动到任务窗口。那里已经储存了三个任务,任务的标题分别是——"看护兔子:推荐等级1""下水道的失物:推荐等级3""古代的怨灵:推荐等级20"。

"啊,是这个?!刚才那只幽灵就是这个任务的头目吗?!"

"貌似是呢。我接受了这个任务,但如果没有满足条件,头目就不会出现。"

"可是我和桐人都没有接下那个任务啊。"

听到爱丽丝的指摘,我也连连点头。以防万一,我也打开任务窗口确认了一下,那里当然是空空如也。

我们一起看向阿尔戈,只见这位情报贩子脸上又多了几分歉意,说:

"大概,是因为合技吧。"

"啊?"

"离约定时间9点还差十分钟的时候,我就来过这里一趟了。结果看到柳树下那块墓碑在朦胧地发光……"

在阿尔戈所指的前方,有一块长着青苔的小小墓碑正沐浴在月光之中。虽然现在感觉不到任何异常,但我还记得,我们赶到时,那里确实散发着淡淡的光芒。

"……当时只是墓碑在发光,没有出现怪物,但是我有一种很强烈的不祥预感。本来还打算联系你换一个地方碰面的,但也不能在这里丧命,就想先回遗迹一趟,结果听到身后传来了很大的声响,所以又跑回来了。"

"哈哈哈……原来是阿尔戈接下了任务,启动了墓碑,而我们刚好满足了让幽灵出现的条件啊。那到底是什么条件?"

"好像是把银制道具实体化并拿在手上。"

"啊?银?"

我关闭窗口,检查了口袋和小包里仅有的所持物品。然而——

"……没有银制的东西啊。"

熔化从ALO继承的爱剑"布拉克维尔德"时确实获得了几块"上等银锭",但都交给莉兹贝特保管了,就算随身带着,我也不会无缘无故地把那东西实体化。

"啊……说不定是因为我。"

爱丽丝似乎想到了什么,伸手掏了掏腰间的小布包,拿出一个锵锵作响的小皮袋,然后拉开袋口往里面看了一眼,取出一枚小小的圆盘。那个闪着银光的东西随即轻巧地落入我的掌心。

"银币?"

这道银光显得陈旧又暗淡,看着也不像是铝或镍。直径和厚度都和一百日元的硬币差不多,一面刻着数字"100",另一面是两棵树的浮雕。我点击了一下,一个属性窗口就弹了出来,显示着"100艾尔银币 硬币 重量0.1"。

"……一百艾尔……说起来,这还是我第一次在这个世界里见到硬币呢……"

我试着回想了一下,之前击倒的怪物几乎都是动物类的,掉落的素材也都是牙齿或毛皮之类的东西,根本没有现金。我抬头把硬币还给爱丽丝,同时问道:

"这是从哪儿来的?"

"在离开'桐人镇'之前,诗乃交给我的。她说如果斯提斯遗迹有NPC商店,能买到滑膛枪的子弹和火药,就用这钱帮她买一些回去。"

"哦,原来是这么回事……"

我们使用的剑只要磨一磨就能恢复耐久值,可诗乃的滑膛枪一旦耗尽子弹和火药就彻底派不上用场了。虽然送枪给她的奥尔尼特族也教授了子弹和火药的制作方法,但其中一种素材只能到基约尔平原的腹地采集。诗乃的枪是重要的战斗力,我也想在子弹余量告急之前尽量帮忙采集制作素材,如果能在商店里买到就简单多了,可是——

"唔……总感觉那里不会有卖子弹和火药啊。"阿尔戈耸着肩膀说,"那个遗迹大部分都成了废墟,还有很多怪物,只剩中心地区还维持着城镇的机能,也有好几家NPC商店。不过卖的都是一些简单的道具、食物和初级装备。"

"咦……卖的是什么食物?"

明明我是因为担心即将告急的SP才提出这个问题的,阿尔戈却无奈地摇了摇头,说:

"哎呀呀,你还是老样子,一到虚拟世界就嘴馋得厉害。"

听到这句话,爱丽丝也窃笑道:

"我想起你口袋里掉出馒头的那一幕了。话说桐人,你也该帮我们介绍一下了吧?"

"咦?啊,对哦,你俩还是第一次见面。"

我轻轻咳嗽了一声,开始烦恼该怎么解释两位的身份。

15

虽然发生了意料之外的战斗，但我还是按照在电车里的约定顺利和阿尔戈会合了。这之后原本是打算直接返回杰鲁埃特里奥大森林的，阿尔戈却提出想先回一趟斯提斯遗迹，她的理由有以下两个：

一个是想去确认"古代的怨灵"这个任务的完成状况；

另一个是攻略队伍会于晚上10点在遗迹中心召开合作联谊会，她想潜入那里。

"……这个嘛，我也有点兴趣……可是，外人也可以参加那个联谊会吗？"

我一边赶往斯提斯遗迹的北门一边问，阿尔戈用指尖卷着发梢答道：

"你尽管放心好啦，听说会有近百人参加呢。就是得花点工夫打扮一下。"

"也是……这些怎么看也不像是初始装备，也不像是从ALO继承来的……"

我看着身上这套粗糙的金属铠甲嘀咕了一句，又发现了一个问题。

"不对，铠甲可以脱掉，可阿黑怎么办？这家伙也太显眼了吧。"

阿黑正在我右侧迈着稳健又优雅的步伐。它从脑袋到尾巴末梢的总长度超过两米，一派威风凛凛的姿态。带着宠物的玩家本来就不多见，这么一头黑豹怎么可能不显眼？

"也是……那里有很多空废屋，能不能让它在那儿等我们？"

"嗯，也不是不行……"

在我上学期间，阿黑要么是和阿鬣它们一起玩耍，要么是在镇子里巡逻，再要么就是睡睡午觉，过得非常自由。就算和饲主离开八小时以上也不会导致驯服状态解除，区区三十分钟的待机应该是可行的。只不过这里人生地不熟，而且还有其他玩家在闲逛，没人盯着实在让我有些不安。

"那么，我就和阿黑待在一起吧。"

在我左侧的爱丽丝这么说道，我也转头面向那边说：

"咦，这样没问题吗？"

"我不太喜欢挤在人堆里。作为交换，诗乃托我买的东西就交给你了。"

她把硬币连同皮革袋子一起递出，我接过袋子，收进自己的腰间小包里。

"这点小事当然没问题……但是我不觉得那里会有卖子弹或者火药。"

"那也没办法了。切记，不要自己偷偷拿钱去买零食吃。"

"你以为我是小孩子啊？"

我反驳了一句，阿尔戈则嘻嘻笑了一声。

接着我把所有金属制的防具都收进道具栏，用一块大粗布代替斗篷披在衣服上，彻底化身成"缓冲时间结束后的低级玩家"。爱丽丝一直披着带兜帽的斗篷，所以就算卸了铠甲也没什么变化。卸了武器始终让人放不下心，所以只有长剑保持着原样，不过我们的斗篷都可以将它盖住。

"唉，我也好想早点弄一件连帽斗篷啊。就这么露脸真让人心里毛毛的。"

在阿尔戈这么说的时候，斯提斯遗迹的北门已经近在眼前了。周围都是被人踩得严严实实的土地，几乎没长什么植物。

"那你早点说嘛。这种布只要有草就能做了。"

"咦，这东西是用草做成的呀？"

"也不是什么草都能做成布。"

"那你把你那件给我。"

"不，不行。"

听到我们争论，爱丽丝就打开环形菜单说：

"我记得还剩了一些布，就让我来做一件带兜帽的斗篷吧。"

"咦，这样好吗，小爱丽？"

"喂，不要给她起这种随便的昵称啊。"

"呵呵，我无所谓。被人用昵称称呼也很有意思。"

爱丽丝展现出大方的一面，然后麻利地操作起了裁缝技能的制作菜单。就凭这个动作，一件灰色的连帽斗篷就在悬浮窗口上出现了。

"哦，按一下按键就做出来了，真方便啊。"

阿尔戈感慨道。爱丽丝解释了一句"也就这些简单的东西能直接用菜单制作了"，递出斗篷说：

"给你，阿尔戈。"

"谢啦，小爱丽。我不会忘记这份大恩的。"

阿尔戈道了谢后便接过斗篷，将它披在皮甲上——这身皮甲应该是从ALO带过来的吧。接着又把兜帽用力往下一拉，看上去完全就是SAO时期的"老鼠"……我很想这么说，只可惜她脸颊上少了三根胡须。

假如我有带油性笔，肯定会抓着她添上几根胡须。我心里刚冒出这些失礼的想法，就被她狠狠瞪了一眼。

"桐仔,别目不转睛地盯着淑女的脸看好吗?"

"对,对不起。"

于是我赶紧道歉,将视线拉回前方。

靠近之后往上一看,才发现斯提斯遗迹比我想象中还要大。石砖砌的外墙高度估计超过三十米,每块石砖的宽度也有一米以上,不知道是怎么砌上去的,也完全想不到该怎么将它破坏。

城门的装饰也是精雕细琢,在受到攻击之前,这里应该是一座美丽的大都市吧。然而现在并没有一个居民或商人从这道城门通过。

更令人意外的是,这里也看不到一个玩家的身影。从ALO强制转移到Unital Ring的玩家少说也有五千人以上,其中大多数人都还以这个遗迹为据点,而且现在时间是晚上9点多,这是VRMMO玩家的黄金时段,在野外狩猎的玩家、回来补给的玩家应该也会频繁出入才对。

我提出这个疑问后,阿尔戈非常简洁地答道:

"哦,据说是因为北门没什么人气。"

"啊?人气?"

"这些信息也是从那个百科照搬过来的啦。据说这边道路错综复杂,通往中心区的路况也不好,北区还经常有Mob出现,所以我才会选这里做会合地点。"

"哈哈哈……话是这么说,可这里一个人也没有啊……"

"我说桐仔啊,被强制转移到这个世界的ALO玩家,不对,是那些The Seed游戏的玩家,并不是所有人都还在玩这个游戏哦。依我看,留下的人大概还不到一半……也就三分之一左右吧。其余的玩家都在老老实实地等待事态平息呢,ALO的领主们也是。"

"……"

听她这么一说，我也觉得这才是常识性的对策。Unital Ring事件无疑是一起"事件"——考虑到玩家每月都会给各个游戏运营企业支付一定费用，这可以说是一种具有犯罪性质的异常状况。大概也就只有那些奉行乐观主义、利己主义和相当沉迷游戏的人会真心相信那个神秘公告，并朝着"极光所指之地"前进了。

也就是说，接下来我们要潜入的正是这么一群人的集会。他们和莫克里与修兹一样，一言概之，就是"认真过头的家伙"。

我在不知不觉中停下了脚步，爱丽丝、阿尔戈和阿黑则在前方默默地等着。

"啊……抱歉。"

小声道歉后，我再次迈开了脚步。

我们刚穿过半毁的城门，就感到体感温度下降了一些。眼前有一条石板铺就的宽敞道路，走了十几米就又碰上一面墙壁，将路分成了左右两条岔路。

"这边应该有一个还不错的空房子。"

阿尔戈这么说着，在前面带路。我、爱丽丝和阿黑则一言不发地跟在她身后。

斯提斯遗迹有好几层城墙，里面的房子就紧贴着城墙而建。这种结构的房子的光照条件应该很差，但也不至于让整座城镇因此毁灭才对。

一栋栋气派的石砌公寓让人联想到欧洲的古都，但几乎都和城墙一样遭到了严重的破坏。这些废屋的内部貌似都被昆虫系和小动物系的怪物占据着，所以我们决定不靠近那边，优先赶路。

随后阿尔戈带我们来到一栋房子，虽然屋顶开了一个大洞，但大门玄关和楼梯尚且完好。二楼只剩一个可以使用的房间，爱丽丝和阿黑便留在那里待命，我和阿尔戈则前往遗迹中心。

在错综复杂的道路上左拐右拐，我渐渐失去了方向感，阿尔戈却像是有某种特殊能力似的，一路毫不犹豫地快步走着。在我身体感觉前进了六七百米时，前方出现了水路。那大概是某种分界线吧，我提心吊胆地走过那座半毁的桥之后，周围的氛围就突然变了。

道路旁边等距摆放着铁铸的篝火台，橙色的火焰正在里面摇曳。再往前走一段路，左右两边就零零星星地多了一些小摊位，NPC和玩家的身影也逐渐多了起来。Unital Ring与SAO不同，将目光集中在对象身上，光标也不会自动出现。NPC们的皮肤都呈病态的苍白色，服装也是古罗马风格的贯头衣，而摊位贩卖的只是一些低级的素材，没有看到子弹或火药之类的东西。

"……明明巴钦族的人看上去那么健康，这座城镇的NPC的脸色却难看成这样……"

我不由得低语道。旁边的阿尔戈轻轻耸了耸肩膀说：

"这个嘛，住在这种地方，人肯定会衰弱啦。"

"话说人种好像也不太一样啊，这里的NPC属于什么族？"

"谁知道呢……就算向他们搭话，我们也完全听不懂大部分人在说什么。只有商店老板是例外。"

"哦，原来是这么回事……"

这一点倒是和巴钦族还有帕尔特族共通。据诗乃所说，玩家只要向能以日语沟通的NPC学习几个单词，再反复练习发音，就可以习得各种语言技能了。

要是有一天能精通所有种族的语言就好了，就是不知道这究竟需要多长时间……我边想边走时，摊位之间开始出现了一些小规模商店，有道具店、药店和武器店。

"我可以去那家武器店看看吗？"

"那家店我已经确认过了，枪是肯定没有，也没卖子弹和火药。"

"……嗯，我想也是。"

看来火药材料还是得去基约尔平原采集啊。我做好这个心理准备，继续往前走。这条小小的商店街差不多就五十米长，在前方可以看见一道气派的拱门。

穿过那道拱门后，似乎就是斯提斯遗迹的中心了。

圆形广场被公馆和教堂等大型建筑包围着，正中央则有一座石造的竞技场，有点像是罗马的斗兽场。竞技场的外墙有无数道拱门，基本每一道都呈半毁状态，不过内部传来了阵阵气息，人数还不少。

"……那就是那个什么合作联谊会的会场？"

"就是那里。"

阿尔戈点了点头，凑到我耳边，用最小的音量继续说：

"听好了，如果有人问你要加入哪个队伍，就说'广播小姐姐粉丝俱乐部'。那是氛围最轻松的一支队伍，管理也很松散，应该不会露馅的。"

"哈哈哈……以防万一，我先确认一下，广播小姐姐说的是第一天缓冲时间结束的时候听到的那个声音吗？是不是说'将把一切赠予'的人？"

"我又没听到那个声音。"

"啊，也是……"

可是真要说的话，Unital Ring至今也只播放过那一则系统公告，我的推测应该没错吧。那确实是一个很有魅力，又富有穿透力的声音。

"……会只听声音就组建粉丝俱乐部的，应该都是一些等级比较高的家伙吧。都还不知道那个声音的主人到底是人是神还是恶魔，就连有没有一个人形都是未知之数。"

"他们就喜欢这一点吧，我也不是很清楚。"

阿尔戈很是敷衍地回应了一句，迈步快速走向竞技场。

我们穿过地上石板饱经磨损的广场，向大门走去。从昏暗的通道出来后，出现在眼前的不是观众席，而是竞技场。

正如阿尔戈提供的消息那样，直径大约五十米的空间里聚集了将近一百名玩家。几乎所有人穿的都是布制装备，也能看到穿着皮甲和锁子甲的人。从款式上来看，这些装备应该是从ALO继承而来，而不是在这个世界里制作的。若这一百人是ALO转移组的领先团队，那就说明暂时还没有人能进入铁器文明。

竞技场的北侧有一个石砌舞台，上面设置了很多篝火，主办者应该会在那里登场吧。我和阿尔戈占据了另一侧的墙边位置，等待集会开始。幸好其他玩家都忙着和同伴交换情报，完全没有注意到我们。

"……阿尔戈，你的SP和TP没问题吧？"

谨慎起见，我向她确认道。这位情报贩子轻轻瞥向左上角说：

"嗯，我从那边的井里打了些水带着呢。可食物就有点危险了。"

"给。"

我从小包里拿出两块野牛肉干，把其中一块递给阿尔戈。

"哎呀，谢啦。"

她说着便接过肉干，但没有送进嘴里。

"唔……就算是桐仔，免费拿你的东西还是不习惯啊。"

"你就快点习惯吧。一个小小的人情都这么介意，那还怎么当伙伴啊？在这个世界里，人很容易因为饥饿和口渴而丧命……就把水和食材当作共同财产吧。"

"伙伴吗？嘻嘻，感觉怪羞痒的。"

她大概是把"害羞"和"发痒"混在一起了才会冒出这么一个怪异的形容词来吧。说完这句话，她才终于咬住肉干，我也大口大口地嚼了起来。在基约尔平原打来的野牛肉干味道和熟悉的牛肉很相像，比棘针洞穴熊的肉少了几分野味，比较容易入口。

虽说没在脸上表露出来，但阿尔戈应该是饿了，没一会儿就吃完了肉干，又从腰间的布袋里拿出了一个又细又长的、看着像是树果的东西，用力拔开圆筒形的犀，凑到嘴边。估计那里面装着液体——应该是水吧。

"……那，那是什么？"

我等她喝完水才问道。她一边重新把犀盖好，一边回答：

"这个广场往南一点的地方有一口水井，那旁边的树上就长着这种果实。管理水井的NPC给每个玩家都发了一个，可以拿来当水壶用……就是容量很小。"

"哦……不过，能装水的容器也确实没那么容易弄到手……"

我边感慨边在道具栏里将亚丝娜制作的烧陶水壶实体化，喝了一口水。烧陶水壶的容量应该是树果的三倍，就是相对较重，也容易摔坏，所以没法直接放进腰间小包。虽然很想做一个又轻又结实的，比如皮革制的水壶，但现在还有其他很多事情得优先处理。

在我们喝水和聊天期间，时间渐渐接近晚上10点，人群前方开始人声嘈杂，我投去视线，就看见四名玩家陆续从连接着石砌舞台的阶梯走上去。

领头的是一名高挑男子，身穿镶钉甲，手持单手剑；第二个是身穿鳞甲、腰间别着弯刀的男人；第三个男人只穿着一身布制防具，却背着一把大型双手剑；第四个人披着白色斗篷，身材纤细……应该是一名女子吧。我们的位置相隔将近五十米，无法看清五官。

"喂，我们再往前一点吧？"

我小声对阿尔戈说，正准备离开墙边，却被她用右手拦了下来。

"能听到声音就行啦。别太引人注目。"

"……好。"

身为情报贩子，她应该很熟悉这种潜伏作战吧。既然她都这么说了，我也只能听从，然后拼命竖起耳朵，免得听漏什么话。

"好了，各位。我们开始吧！"

最先登台的镶钉甲男以洪亮通透的声音说。

"我是这次联谊会的发起人霍尔格，现在率领'绝对存活队'！今天各位愿意赏光到这儿齐聚一堂，真是many many thanks！"

这名字听着很陌生，可不知为何，我有一种很怀念的感觉——我很快就知道原因了。

浮游城艾恩葛朗特第一层的北部有一个叫做托尔巴纳的镇子，那里也有一个类似的圆形剧场般的设施，就是规模小了很多。我曾在那里参加第一次迷宫头目攻略会议，当时的发起人是一个名叫迪亚贝尔的单手剑士，他也曾朝气蓬勃地用洪亮通透的声音做自我介绍。

——我是迪亚贝尔，心中的职业是骑士！

这句话还被聚集而来的其中一名玩家吐槽"其实你是想说'勇者'吧！"引得众人一阵大笑。迪亚贝尔当时仅凭这么一句话就缓解了与会者们的紧张情绪，让人觉得他是一个具备超凡领袖魅力的人。这一点我到现在都还记得。

仔细想想，身旁的阿尔戈一开始也是以迪亚贝尔代理人的身份出现在我面前的。当时她提出要买下我的爱剑"锻炼之刃+6"，

最后还把买价加到将近三万珂尔，可我还是坚决地拒绝了。

至今我仍会偶尔想起这些事，假如我当时卖了剑，或许迪亚贝尔就不会勉强自己去争取迷宫头目的最后一击奖励，也不会因此死去了吧。

我甩掉刹那间涌起的感伤，仔细聆听从舞台上传来的霍尔格的声音。

"我来介绍一下这几位帮忙促成集会的好兄弟！首先是'啃杂草的一群人'的领队，迪克斯！"

弯刀男高举双手，台下响起一片掌声。

"下一位，'广播小姐姐粉丝俱乐部'的领队，津风吕！"

献给双手剑士的掌声稍弱了一点，反倒多了一些粗犷的欢呼声和喝倒彩的声音。

"再来是'假想研究会'的领队，穆达希娜！"

一时之间，空气中蔓延着一种"这是谁啊？"的困惑，但在那位叫穆达希娜的玩家放下兜帽之后就消散了。那人露出一头飘逸的黑色长发与白皙肌肤，即便是在我这个位置，也能通过现场气氛感受到她有多美。

九成以上的与会者都是男玩家，他们发出自集会开始以来最热烈的掌声和欢呼，还吹起了口哨。穆达希娜很是可亲地挥了挥双手，让会场越发沸腾。

喧闹声平息后，霍尔格再次上前说：

"今天就由我们这几个人来主持大局了！很遗憾，'福克斯'队昨晚全军覆没了，所以没能参加！"

竞技场顿时被吵闹声淹没。我也是第一次听说这个队名，便下意识地看向阿尔戈，可她只是转了转眼珠子，什么也没说。

会场各个角落都传出了要求解释的声音，霍尔格用略带含糊的口吻回答道：

"详细的情况我也不是很清楚，只听说'福克斯'的成员昨天傍晚邀了几个人走出遗迹，在北部某个地方展开了团战，结果战败了。"

这番解释让附近的玩家开始议论纷纷：

"北部某个地方，是指巴钦族吗？"

"那些家伙可不好对付啊……在缓冲期间，有些人靠着继承来的装备和技能去挑战巴钦族，但最后都被反杀了。"

"'福克斯'的人应该也了解这些情况吧，为什么还要去下这种危险的赌注呢……"

听着这些话，某种不祥的预感渐渐在我脑中涌现，我却硬是把它压下，将视线拉回到舞台上。只见霍尔格比其他人往前站出一步，篝火照在他那身护甲的铆钉上，反射出了许多光点。他大声说：

"总之！现在只能说这个Unital Ring是不能用普通方法玩下去的！从事件发生到今晚已经过去三天了，可到现在都没看到尤弥尔说有成功修复的希望！既然如此，我们ALO组就抢先抵达那个什么'极光所指之地'，从内部解决这个事件吧！"

"好——！"

"没错没错！"

竞技场里充满了干劲十足的声音。

我、亚丝娜她们，还有身边的阿尔戈也姑且算是"ALO组"，目标和在场的玩家们是一致的。我们并不打算像第一晚来袭的莫克里等人那样去争头功，如果能和他们合作，也应该这么做。我之所以在森林里建立小镇，也是想让那些以斯提斯遗迹为起点的ALO玩家们知道那里可以算是第一个中转点……还有一个意图，就是我们想借此避免第三次攻击。

然而……

我带着一种不管怎么压抑都无法散去的预感,等待霍尔格的下文。

等会场的兴奋劲儿收敛后,那位高挑的单手剑士又换回开朗的口吻说:

"今晚这场联谊会的主旨,就是让四支同意合作的队伍彼此熟悉和交换信息!我们还准备了一些饮水和食物,大家可以随意补充TP和SP!当然啦,食材就是一些兔肉、这附近的草和随便采的树果而已!"

现场又是一阵欢呼声。几辆看着像是用木工技能做出来的小推车从舞台左右两边的通道出现,刚才霍尔格说得太谦虚了,食材都是认真料理过的,大锅大盆都散发出了香辛料的诱人香气。

"……他们是从哪儿弄来香料的?"

"好像是市场摊位还是别的什么地方有卖。"

听到阿尔戈的回复,我决定回去时也去买一些。现在手头只有诗乃交给我们的一点现金,但要是能卖掉储存在道具栏里的素材,应该能多少挣一点钱吧。

眼前的料理确实很让人好奇,可是潜伏在这里吃白食也未免太厚颜无耻了。总而言之,能弄清楚ALO转移组是一群"认真的家伙"和他们的阵容,也算是大功告成了。

"你不去吃吗?"

阿尔戈笑嘻嘻地问道,我板着脸回答:

"我可不想帮你证实那个'桐人在虚拟世界是个馋虫'的假设。趁现在乱糟糟的,我们快溜吧。"

"明白。可到露天摊位上扫货还是可以的吧。小爱丽和小黑估计也饿了。"

"就这么办。"

就在我放下杂念，开始顺着来时的路移动时——

脚下的石板突然发出了蓝紫色的光芒。

"哦呀?!"

"这是什么?!"

我和阿尔戈不由得叫出声来，但这个声音被那一百人的惊呼声盖了过去。这个环节似乎并不在他们计划之内。

于是我一边踮起脚，一边盯着地面看，发现发光的并不是铺路的石板本身，而是出现在上面的复杂图形。那图形由无数圆环、纹样和符号组成，怎么看都是……

"……魔法阵？"

我低语一声，顺着光线将目光移向竞技场的中央。那里有一个更亮更大的纹章，那应该就是魔法阵的中心了。也就是说，这个直径达五十米的圆形竞技场被同样大小的魔法阵完全覆盖着，这种规模的魔法在ALO被唤作"大魔法"或"极大魔法"。

位于中央的纹章突然像生物般蠢蠢欲动——翻腾、起伏，继而卷起旋涡，逐渐隆起，不一会儿就形成一根高达十余米的光柱，又哗啦一声散开，变成奇怪的形状。

那东西有一个长着无数棘刺的细长脑袋、一头纠缠不清的长发和四条有两个手肘的手臂，上半身是瘦削纤细的女性身体，下半身则是触手。

这个只能以"邪神"来形容的怪物高举着四条手臂，嚷嚷着某种非人类的语言，摊开的掌心里还冒出了一个散发着蓝黑色光芒的球体。

——是魔法？什么魔法？是谁？为什么？在哪儿？

这些问题电光石火般地接连在我脑中闪过。这魔法怎么看都充满了恶意，此时最好的应对方式是攻击施术者，使魔法发动失败，但在人堆里很难找出特定的一个人。

"桐仔，要逃了！"

阿尔戈大喊一声，准备朝北边的出口跑去。我直觉判断来不及了，便伸手抓住她的连帽斗篷，把她拉到自己身后，拔出长剑说：

"快躲起来！"

在我喊出这一声的刹那，邪神就从掌心发射出了大量光弹。

"嗞嗞嗞！"光弹带着刺耳的声响飞散，在空中划出复杂的轨迹，不管是陷入恐慌的，呆立不动的，抑或是试图躲避的玩家都陆续被击中了。那些光弹具备极强的自动追踪性能，中弹者不会立刻倒地，但应该会被附上某种Debuff或受到延迟性伤害。

我不想用自己的身体去确认那些效果，便架好爱剑，目不转睛地盯着迎面而来的两发光弹——回避是不可能的，也无法用铠甲防御。

不过，倘若这个世界的魔法的原理和ALO一样，那就可以应付。我可以运用在阿尔普海姆开发和锤炼的系统外技能——"魔法破坏"。

ALO世界的魔法——施术者发射的发光物体原则上是没有实体的，虽然无法用剑或盾牌进行防御，但魔法中心有且仅有一个特殊的"打击点"，若能以非物理属性的攻击精准打中，就有机会将其破坏。

不知为何，Unital Ring世界里存在着来自SAO世界的剑技，现在还不能确定是否也有沿袭自ALO世界的属性伤害，但也只能相信有了。

我注视着从斜上方落下的光弹，正想发动二连击剑技"垂直弧形斩"，但是……

两发光弹非但没有划出简单的抛物线，还像不转球似的毫无规律地晃动着，想用二连击剑技将其击破是几乎不可能的。只能忽视其中一发，竭尽全力用单发技能破坏另一发了。

　　我迅速做出判断，将剑技切换成"音速冲击"，朝着落下的其中一发光弹一跃而起。在ALO，这一招可以造成物理属性与风属性的伤害，我坚信在Unital Ring世界也能造成相同的效果，便对准光弹中心的一点——

　　"呵啊！"

　　随着一声短促的呐喊，我将光弹切断了。

　　感觉上像是击碎了一个小得出奇的坚硬颗粒，蓝黑色的光弹随即像黏稠度极高的液体般四处飞散，但另一颗光弹在空中以锐角回转，击中了我脖子附近的位置。

　　一种不冷不热的奇怪感触裹住了我的脖子，就像被一只透明的恶魔之手掐住了一样。我咬着牙落到地上，转头喊道：

　　"阿尔戈，你没事吧?!"

　　阿尔戈一动不动地站在墙边，瞪大双眼盯着我看，用微弱的声音答道：

　　"我没事……可是桐仔，你……"

　　"等一下再说，我们先到一个随时能逃跑的地方去吧！要是让施术者发现刚才那招'魔法破坏'就糟了！"

　　"……知道了。"

　　她点了点头。我们一起俯下上半身小跑前进，来到出口旁边便停下脚步，确认情况。

　　与此同时，伫立在竞技场中间的邪神也像融进夜里的空气似的消失了。地面上的魔法阵也随着旋转逐渐缩小，直至消失。在倾倒的小推车和散落一地的食物之间，玩家们有的呆站在原地，

有的则双腿发软，站不起来。

过了一会儿，有人开口说：

"你的脖子……"

以这句话为契机，大家都观察起了身旁玩家的下巴，或者摸了摸自己的脖子。我下意识地看向离得最近的男人，发现他脖子上套着一个黑色圆环……不对，是一个环状图案直接画在了他的皮肤上。

我条件反射地往自己的胸口看去，却始终看不到脖子，手上也没有镜子，便向阿尔戈投去目光，只见她神情严肃地回了一个点头。看来我脖子上也有一个圆环，但是目前HP、MP、TP和SP都没有减少，虚拟形象也感觉不到任何异样。这东西到底会有什么Debuff效果？话说回来，就玩家目前能使用的魔法而言，这规模也未免太大了吧？

"你……到底有什么企图?!"

舞台上突然传来一道吼声。我往那儿一看，发现霍尔格、迪克斯和津风吕三人已经拔剑出鞘，对准了万绿丛中一点红的穆达希娜。

"穆达希娜，你不是说要给大家一个大的Buff来鼓舞士气吗?!这个怎么看都是Debuff吧！这玩笑可一点都不好笑啊！"

即便被霍尔格这么声讨，穆达希娜也没有表现出一丝畏惧。她手里不知何时多了一把法杖，还慵懒地倚靠在舞台边上，用沉着的声音回道：

"这当然不是玩笑。一切都是计划好的。"

"你说是……计划好的?!那你答应参加这场联谊会，也是因为一开始就打算对我们使用这种魔法?!"

"我不是说了吗？不然我为什么要来参加这种毫无意义的集会？"

这种语气让会场各个角落都爆发出了愤怒的吼声：

"开什么玩笑！赶紧把这个环解开！"

"你以为对上我们这一百多人能有胜算吗?!"

霍尔格仿佛被那些叫骂声推了一把，往前迈出一步说：

"你听到大家的话了吧？现在马上解除这些Debuff，不然我就要用另一种方法来解除了。"

所谓"另一种方法"，肯定就是打倒施术者了。在霍尔格的指示下，迪克斯和津风吕从左右两边围住了穆达希娜。竞技场里的与会者们也纷纷挤到舞台前方。

看到这个情形，我突然冒出了一个想法。穆达希娜所率领的队伍……"假想研究会"的成员们应该也在这个会场里，难道她也给自己的同伴施加Debuff了？还是说在发动魔法之前就已经让他们回避了呢？

这个问题估计是得不到答案了。不管穆达希娜的魔法带来的是什么Debuff，她也不太可能从那个距离挡住同时发起的围攻。她很可能会当场死亡，只留下一个巨大的疑问，就这样从Unital Ring世界退场。

"……是吗？既然这样，那我们就不客气了！"

霍尔格大喊一声，挥起单手剑。几乎同一时刻，津风吕的双手剑和迪克斯的弯刀也发出了剑技的光芒。

而穆达希娜神情自若地站着，只是高举右手上的法杖，然后用力往地面戳去，一阵高亢的"哐啷"声随即响彻四周。就在这个瞬间——

我突然感到无法呼吸，跪倒在地。

喉咙仿佛被黏糊的物体堵得不留一丝缝隙，我用双手按住脖子，努力地试着呼吸，却根本无法吸入或呼出空气。我顿时陷入恐慌，看向前方，发现舞台上的霍尔格等人和竞技场里的近百名玩家也跪在地上，表情十分痛苦。所有人脖子上的圆环都散发着蓝紫色的光芒，看上去呈一片朦胧的蓝色。我的脖子大概也是这样——我看向血条，虽然没有缩减，但右侧亮起了一个人用两手掐着脖子状的Debuff图标。

"桐仔！"

阿尔戈飞奔过来，用力地拍了我的后背几下，我喉咙里的异物感却依然没有消失。十秒、二十秒……我能感觉到自己内心的恐惧越来越强烈，这种窒息感太真实了，甚至让我怀疑现实世界里的肉体是否也停止了呼吸，但这种事情有可能发生吗？如果能让AmuSphere自带的几重保险都失效，迫使用户停止呼吸，那简直就是死亡游戏SAO的翻版了。

我努力挪动右手，尝试打开环形菜单。要逃离这种痛苦，我只能想到退出游戏这一个办法。失败好几次后，我终于成功调出菜单，正准备从八个按钮里选中系统菜单时——

"哐啷"声再次响起。

气管的堵塞感奇迹般地消失了。我依然趴在地上，贪婪地往虚拟角色的肺里输送空气。

几秒过后，我才终于从恐慌状态中逃离。阿尔戈一把抱住我的肩膀说：

"桐仔，你还好吧?!"

"啊……嗯嗯，还好。"

我用沙哑的声音回道。确认Debuff图标已经消失之后，又抬头看向远处的舞台。

霍尔格、迪克斯和津风吕三人也倒在地上，一动不动。穆达希娜悠然自得地站在他们中间，那副模样和管理Under World人界的公理教会最高祭司——阿多米尼斯多雷特有些……有那么一丝相似。看着近百人因无法呼吸而痛苦得满地打滚，她却一点也不激动，也不见畏缩，只是保持着淡淡的微笑。能拥有这样的意志力，她一定不是普通人。

"这样你们应该明白了吧？"

穆达希娜轻轻挪动左手，以平淡的声音对霍尔格等人说：

"我给在场所有人施加的魔法是'不祥之人的绞环'，各位刚才已经体验过效果了……一旦施术成功，有效范围就不会受到限制，效果也会永久持续。"

一听到这些话，会场上的玩家们都发出了充满恐惧的喊声。我的喉咙也挤出了一声低语："不会吧……"

不会受限？永久持续？就是说以后只要穆达希娜用那把法杖敲击地面，这里的所有人不管身在何方都会无法呼吸？

嘈杂声逐渐变大，穆达希娜将法杖轻轻一扬，那些声音就戛然而止了。

"请放心，我绝对不是为了折磨各位才对各位施法的。我也希望能尽早把这个游戏通关……所以，我只是在寻求一条最佳道路而已。"

"……你说最佳道路？"

双手剑士津风吕摇摇晃晃地站起身，勇敢地提出疑问：

"用这种混账魔法威胁同伴，就是所谓的最佳选择吗？你那个'假想研究会'的成员也在这个会场里吧？"

"同伴？"

穆达希娜复述道，接着轻轻嗤笑了一声。

"你们在这里齐聚一堂，不也是因为利害碰巧暂时一致吗？我能断言，就算现在说好要合作，但到了靠近终点的时候，首先队伍与队伍之间会产生竞争，紧接着队伍里也会起内讧。不过至少在我发动魔法期间，这些情况都是可以避免的……所以说，这不是通关游戏的最佳且最有效率的手段吗？"

她用天真无邪的口吻说完这番话，让津风吕哑口无言，反而是坐在地上的迪克斯大声嚷嚷了起来。

"……怎么可能有那种事！我们……我、霍尔格和津风吕都相信彼此！就算最后演变成竞争关系，也绝对不会背叛对方或者互相残杀！我们会一直互帮互助到最后，同时起步冲向终点，并祝福取得胜利的人……所谓的游戏，所谓的VRMMO，不就是这么回事吗？！"

"呵呵……呵呵呵呵。"

穆达希娜笑得纤细的肩膀都在发抖。

"呵呵，呵呵呵呵……对不起，你的话太好笑了。信任？祝福？你真的觉得这个世界……不，虚拟世界里存在这些东西吗？"

她原本轻佻的声音突然变得像冰一样冷漠，犹如被寒意层层包裹。

"……根本不可能存在吧。"

她以漆黑的双眼俯视着广场上的玩家们说：

"在虚拟世界里……起码在The Seed规格的VRMMO里，什么信赖啊，爱情啊，救济啊，这些都是幻想，只有憎恨、背叛、欺瞒和绝望是真实存在的——所有完全潜行型虚拟世界的根源都是那个Sword Art Online，就是那个地狱让四千名玩家含恨而终的。"

——别在那里胡说！

我差点这么大喊出声，但还是用力咬紧了牙关。

确实有大批玩家在艾恩葛朗特里丧生了。若论单人引发的事件造成的牺牲者数，那无疑是世界犯罪史上最多的，但绝不能说

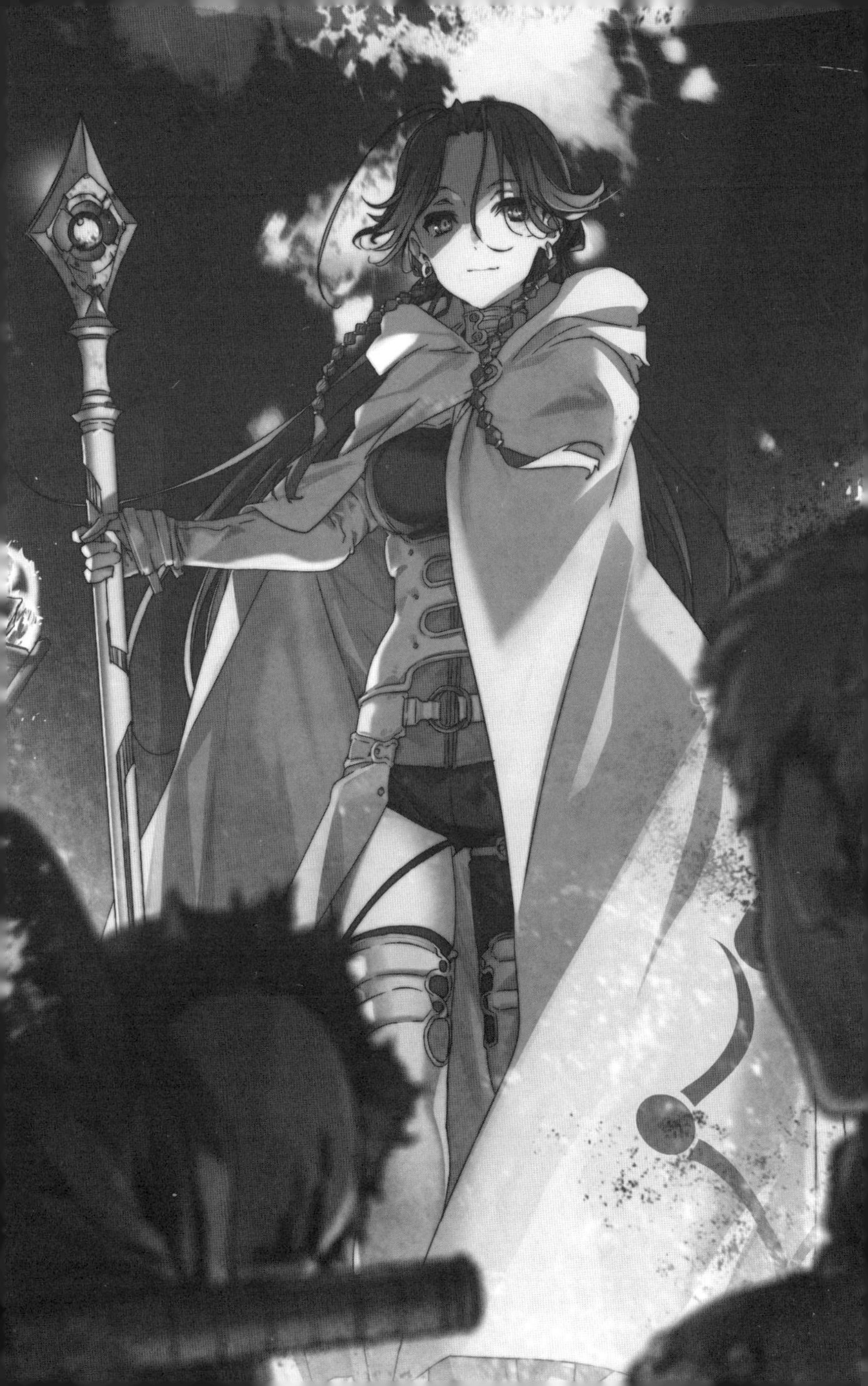

那个世界只有憎恨和绝望，若真是这样，那在艾恩葛朗特认识的亚丝娜、西莉卡、莉兹、克莱因、艾基尔……还有阿尔戈也不会和我来往至今。

然而穆达希娜就像要嘲笑我这些想法一般，继续以带着寒气的声音说：

"在SAO里产生的黑暗已经在广阔的The Seed连结体里扩散开了，还在不断增殖。而现在无数个世界再次合为一体，黑暗又一次在这个Unital Ring世界里凝缩，当压力超出极限的时候，就会滋生出另一种新的……恐怕是更深、更黑暗的东西。我只是想看看那个结局罢了。"

一口气说完这些以后，她又像突然想起什么似的补充道：

"……现场当然也有'假想研究会'的成员，他们早就同意被套上'不祥之人的绞环'了，我和他们之间有着不可动摇的信赖关系，虽然这与我刚才说的话自相矛盾，但我相信，我与各位也能共筑这样的关系。"

沉重的沉默持续了十秒以上。

而打破这份沉默的，是一屁股坐在舞台上的霍尔格。

"你到底……想让我们做什么？"

"我刚才不是说了吗？大家友好和睦地通力合作，一起前往这个游戏的终点……'极光所指之地'。"

穆达希娜以运动社团的社长般的语气说完之后就短短地笑了笑，继续道：

"说是这么说，我们还是需要具体的路线地图。请各位放心，第一个目标已经定下来了。"

"目标？"

"霍尔格先生，你在开场白里提到过'福克斯'队昨晚全军覆没了吧。杀害他们的并不是什么头目级怪物，也不是巴钦族。这遗迹东边有一条'玛尔巴河'，而这条河的上游处有一大片森林。'福克斯'的人就是袭击了其他队伍在那片森林里建立的据点，结果被反杀了。"

玩家们再次掀起阵阵喧哗。我听着那些声音，同时意识到自己在穆达希娜发动大魔法前的不祥预感成真了。

那支叫"福克斯"的队伍肯定就是指昨晚来攻击小木屋的修兹一伙人了，而穆达希娜在这个时候提起这件事，恐怕是为了——

"首先，我想请你们歼灭那支队伍。"

"……为什么要灭了他们？也给他们施加这种勒住脖子的魔法不就行了吗？"

听到迪克斯的质问，穆达希娜轻轻耸了耸肩膀。

"要成功施放'不祥之人的绞环'并没那么容易，施法的手势很长，魔法阵也太显眼了。要趁着宴会的余兴施加夸张的Buff什么的，假如对方不相信，或者情况不合适，这种无聊的谎言根本骗不到任何人。"

看到霍尔格等人愕然的神情，那位黑发魔女用越发温柔的口吻说：

"请不要摆出这样的表情。这并不是因为你们愚蠢，而是这次的对手太强了——在北边那座森林……在杰鲁埃特里奥大森林里安营扎寨的，是'黑衣剑士'桐人一行。"

现在是晚上10点40分。

这场进程出人意料的联谊会一散会,我和阿尔戈就混进人堆里,离开了竞技场。

原本打算看情况尽早抽身,却被迫从头待到尾,爱丽丝和阿黑估计都等得不耐烦了吧。虽然很想马上回去,但至少要去一趟商店,否则就是亏上加亏了。

我们向路过的玩家打听收购处的位置,走进一家位于市场角落的商店。商店老板有点年纪了,身材高大,不过脸色很差。我把道具栏里闲置的鬣狗、北美野牛和蝾螈的皮或骨之类的东西拿给老板看,对方给出的交易金额是3艾尔78镝姆。

"……3艾尔?"

我和阿尔戈不禁面面相觑。先不论鬣狗,北美野牛——正式名称是"飓风长毛牛"——在基约尔平原上出没的怪物之中也相当高级,石壁迷宫里的蝾螈和蚓螈也绝对不弱,竟然只值这个价?老板似乎看出了我的不满,开口说:

"喂喂,这个价钱已经算是给你加过料了啊。这些东西都算是这一带的稀有素材,可生皮最多就值这个价了。"

"哦,自己鞣过再拿来卖就能多卖些钱是吗……"

我心想要不要先将生皮收回,把它鞣了再拿来卖,但又不知道需要什么道具,有些什么工序,也不知道什么时候才能再来这个城镇。在我沉思时,一个身穿皮革装备、在商店角落看着在售素材的男人转过头来说:

"喂,小哥,3艾尔78镝姆可是很大一笔钱了啊。这种素材十个就要1镝姆,我刚才还一直在犹豫要不要买呢。"

……这是NPC还是玩家?就在我一头雾水时——

"话说你们是在哪儿弄到这种上等毛皮的?如果是就在这附近的好地方,我给你3镝姆,把消息卖给我吧。"

我凭这句话判断出对方是玩家,耸肩道:

"不,那地方离这里有点远。在艾恩葛朗特的坠落地点还要再往北一些的位置。"

"咦,你都跑那么远了啊!一眼看上去这么寒碜,没想到竟然是攻略组的。"

"攻……攻略组?有这么个说法吗?"

"一开始还有各种说法呢,什么打拼组啦、冲锋组啦、顶级玩家组啦,也不知道是什么时候定下来的。刚才攻略组的人不都聚在竞技场了吗?怎么吵了一会儿就突然安静下来了,到底发生什么事了?"

出于条件反射,我差点就伸手去摸自己的脖子了,最后好不容易才忍了下来。

"不知道……我也只是偷偷看了一眼而已。多谢你的建议。"

"嗯。"

男人再次转向货架,我也把目光移回老板这边说:

"就按刚才的金额来吧。"

"很好,那就成交了。"

"锵唥"一声,柜台上的素材道具消失了,我的视野里也随即出现了一条写着"获得1艾尔黄铜币×3、1镝姆铜币×78"的信息。

慎重起见,我环顾了一下店内,但还是没有找到子弹或炸药。我们朝老板挥了挥手,离开商店来到大路,松了一口气就开始往北边走。

"哎呀呀……原来诗乃那一百艾尔银币是一笔巨款啊。差不多相当于SAO里的一万珂尔了吧？她到底是从哪儿拿到的？"

我本想和旁边的人聊几句，却没有得到任何回应。仔细回想一下，自离开竞技场以来，我这位同行者就显得异常安静。

"喂，阿尔戈？"

我往兜帽深处看去，同时叫了阿尔戈的名字。只见她突然停下脚步，过了一会儿才发出嘶哑无力的声音：

"……抱歉啊，桐仔。为了保护我，害你中了那种混账魔法……"

"什么啊，原来你是在介意那件事啊。"

大约犹豫了半秒，我才在脑里宣言"这家伙不是帆坂朋大小姐，而是'老鼠'啊"！并用右手臂环住阿尔戈的脖子说：

"要这么说的话，《阿尔戈攻略本》都不知帮过我多少次了。比起在SAO那儿的人情，这点小事算不上什么啦。老话不是也常说黑夜总会过去，诅咒也总会解除吗？"

"我倒是没听过这句话，不过只要是魔法，就总有办法解除。"

胳膊下的阿尔戈轻轻点了点头。这时我突然冒出了一个想法，向她恳求道：

"啊，对了……能不能先别和爱丽丝和亚丝娜她们提起这个魔法？我想等找到解咒的眉目再说。"

"桐仔你还是老样子啊。"

情报贩子挣脱我的手臂，换回平常的表情和腔调说：

"我是不会主动说出去啦，但要是能赚钱就另当别论了。"

我用得来的硬币从露天摊位上买下各种食物，又在水井尽可能地汲满饮水后，就和阿尔戈快速冲回北城门附近的废屋，在门口再次穿上铠甲才走了进去。刚才赶路时已经给爱丽丝发了信息，出于谨慎，我还是先敲了两下才推门。门一打开——

"你们真慢！"

"咕嗷！"

爱丽丝的斥责声和阿黑的撒娇声便像立体环绕音响般响起。黑豹飞奔过来，我抚摸着它的脖颈，向爱丽丝道歉：

"抱歉抱歉，路上出了一些意料之外的状况……"

"就不能联络一声，告诉我什么时候能回来吗？"

"啊……也对哦。下次我一定联系……话说，还是和看家的西莉卡她们说一声好点吧……"

"我刚才和她们说了，最快也要12点左右才能回去。"

"谢，谢谢。对了，不介意的话就试试这个吧。"

我从道具栏拿出买来的食物，摆到废屋中间的旧桌子上。毕竟是小摊上卖的食物，不是很高级，种类却不少：有的很像皮塔三明治，烘焙过的口袋面包里塞满了烤肉和蔬菜；有的像羊肉烤串，用长长的竹签串起了烤得香喷喷的大肉块；有的像墨西哥薄饼，用薄薄的面饼夹着烤化了的芝士和洋葱，每一种都色香味俱全，很能引起食欲。

可是爱丽丝一看到这些东西就狠狠地瞪了我一眼，说：

"桐人，你该不会是……"

"啊，不是的。我没有动用诗乃的钱。我是卖了自己的素材，再用那些钱买的。来，这些还给你……很遗憾，我没找到子弹。"

我把装着一百几十艾尔的皮袋子还给爱丽丝，她的脸色才终于好看了一些。

"我就姑且相信袋子里的钱都没动吧。那么，我就不客气了。"

爱丽丝拿起墨西哥薄饼咬了一口，咀嚼几下后给了一句评价：

"感觉还不错。"在Under World的时候，爱丽丝是整合骑士，地位比人界四帝国的皇帝更高，可她对饮食一点都不挑剔，甚至可以说是更喜欢平民菜色。当然了，她在现实世界的机械躯体不具备进食功能，所以她只吃过虚拟世界里的食物，而在ALO时，她经常让亚丝娜做汉堡肉、炖菜和意大利面，亚丝娜也一直在努力为她再现咖喱和拉面，却因为这次强制转移不得不暂停。

真希望有一天能在现实世界和爱丽丝坐在同一张饭桌上吃饭。我带着这个想法拿起一支烤肉串，阿黑见状便用脑袋频频顶着我的腰。于是我从竹签上取下肉块，一块一块地喂给它吃。

这时我突然想到一件事，如果有人抵达"极光所指之地"，把游戏通关，那么这个Unital Ring世界会消失吗？到了那时，阿黑、阿鼹还有米夏是不是也会消失呢？

"喂，桐仔，你不吃吗？"

阿尔戈右手拿着烤肉串，左手拿着墨西哥薄饼向我问道，我抬起头说：

"我当然要吃。"

接着我便拿起皮塔三明治往嘴里送。老实说，我没什么食欲，但在出发前必须先把TP和SP补满。我张开嘴巴大咬一口，薄切肉片和生蔬菜的口感便切切实实地在嘴巴里漫开，不仅逼真，效果还远远凌驾于现有VR世界里的味觉再生引擎。

这到底是谁做的，又是为什么要做到这种程度呢——我把这个反复出现的疑问连同皮塔三明治一起细细嚼碎并吞下肚。

经北城门出城之后，我才想起还有一件事没做。

"啊……对了，阿尔戈，你那个'古代的怨灵'任务还没更新吧？这样没问题吗？"

"算啦，现在不是纠结这些的时候。"

阿尔戈耸了耸肩膀，站在另一边的爱丽丝说道：

"到底发生了什么事？"

"我们边走边说吧。"

确认过视野里没有玩家后，我们便开始往东北方向奔跑。

随后我就把联谊会上发生的事情——除去某一点——都解释了一遍，而爱丽丝的表情也渐渐变得严肃。在我闭上嘴的同时，她毫不掩饰怒火地吼道：

"那个叫穆达希娜的女人到底是什么人啊！假如我在场，肯定一刀就把她摆平了！"

"不不不，那人等级很高，说不定在我们之上。"

"这有什么关系！不过其他玩家都中了诅咒，真亏你们能全身而退。"

我省略的，正是我们之中只有我中了"不祥之人的绞环"这个魔法的事实。幸好烙印在脖子上的环形痕迹被铠甲的护颈藏住了，如果我晚点再坦白，爱丽丝或许不会光是骂我一顿就善罢甘休，但要是现在就说了实话，她肯定会冲回遗迹去找穆达希娜算账的。

"还好啦，我在ALO做了很多破除魔法的练习嘛。"

我一边答话，一边瞥了阿尔戈一眼，见情报贩子回了一个"我懂的啦"的眼神，才继续推进话题：

"先不说这个，问题在于穆达希娜控制的那一百多个玩家就要攻击我们的小镇了。光靠商量大概也没法解决……我们必须做好迎战的准备。"

"他们打算什么时候发起攻击？"

"穆达希娜说是后天……10月1日的晚上。他们好像想用两天时间让所有人凑齐一套'上等皮革'做的防具，所以出发时间只会延后，不会提前。"

听了我的回答，阿尔戈边跑边灵活地摇头道：

"可是桐仔，你确定在场的那一百多人都会参加吗？穆达希娜的窒息魔法确实很厉害，但下线之后也会失效吧？"

"说得也是……可要是一直保持离线状态，就相当于脱离Unital Ring的攻略了。当时在场的是攻略组，用阿尔戈的话来说就是一些领跑者，与其在这个时候甩手不干，还不如被穆达希娜掐着脖子去把游戏通关呢。"

"……或许是这样没错。那时SAO攻略组的人也是这样，不惜豁出性命也要把游戏通关……"

"那些人太疯狂了，真受不了。"

"真想向当年的攻略组调查一下，问问谁是最疯的。"

我们有来有往地聊着，全速在草原上奔跑。途中好几次因为遇到狩猎团队而不得不绕了远路，不过没有遇上来时的麻烦，顺利地来到了河边——穆达希娜所说的"玛尔巴河"边。

本以为那艘圆木小船已经消失了的可能性高达百分之五十以上，没想到它仍在我落锚的地方漂浮着。阿尔戈坐在船尾，感慨了一句"真没想到你们能做出这种东西来啊"。爱丽丝坐在她前方，阿黑则和来时一样霸占了船头。我拉起船锚，放下船桨，小木船便逆着水流开始前进。

接下来只要沿着河流逆流而上，就可以回到杰鲁埃特里奥大森林了。想是这么想，可惜事与愿违，小木船还没走多远，周围就传来了一阵沉重的轰鸣声——是在来这里的路上也听过好几次的声音。虽然只凭月光看不清其全貌，但据爱丽丝所说，那个大瀑布的落差少说也有三十米，这艘小木船……应该说，不管是什么船都爬不上去。

"船只能开到那里了……"

听到我的低语，爱丽丝也很遗憾地回应道：

"是啊。我们先上岸，在那里把船变回素材吧。"

"Aye aye sir！"

不，爱丽丝是女性，要说也得是"aye aye ma'am"才对。话又说回来，她能听懂这种说法吗……我这么想着，准备把船舵转向右边，但是在此之前——

"等一下！桐仔，在破坏这艘船之前还有事要做吧？"

前方传来的声音让我呆呆地眨了眨眼睛。

"还有什么事要做啊？"

"喂喂喂，游戏里居然有个大瀑布啊！那肯定要做那件事啦！"

"……啊！"

原来她说的是那件事啊。我不禁苦笑了一下，但实际做起来没有嘴上说的那么简单。

"我说阿尔戈，虽说这是游戏，但也是追求真实感的VRMMO，要是走错一步，这船就得摔个稀巴烂了。"

"只要不搞错就没事啦！好了，全速前进！"

对于阿尔戈这句不负责任的指示，阿黑竟然也"嗷呜"了一声，表示同意。算了，反正这艘船都是要销毁的，于是我下定决心，把船桨转回行进的方向。

"咦……你们打算做什么？"

爱丽丝不安地说，我却用一句"放心放心"敷衍了过去，继续让船前进。

"可是桐人，那瀑布……"

"没事没事没事。"

"那可是瀑布啊!"

"没事没事,放心放心。"

在我们对话期间,小木船已经驶到瀑布底下的宽阔深潭,发出震耳声响的巨大瀑布就近在眼前了。

我凝视着月光照耀下的瀑布,只见左右两边都是很有压迫感的巨石,根本没办法绕到后面去,而落下的瀑布中间偏右的地方突兀地冒出了一棵树,那里的水流似乎没那么湍急。要往瀑布里冲,也只能选择从那里进去了。

"好,冲啊!大家抓紧喽!"

我将双手紧握的船桨倾斜到底,用最大的力气划船。小木船瞬间加速,迅猛地闯进了在月光中散发着蓝白色光芒的水帘。

"桐人你不要乱来啊!奇迹不会发生第二次的!"

爱丽丝所说的第一次奇迹,估计是指来时我们连人带船扎进大瀑布却安然无恙这件事吧。我心里也是这么认为的,可对着这位骑士大人,我总是忍不住想乘兴试一下。

"不,奇迹会发生的!我做给你看!"

我毫无根据地大喊一声,让全速驶到水帘前的小木船冲进轰轰作响的大瀑布里。

首先是阿黑"嗷嗷嗷"地吼了几声,阿尔戈也大喊一声"呀呼!"爱丽丝则发出了"啊啊啊啊!"的惨叫声。

整个视野被深蓝色填满,强大的水压压在我的肩膀上,小木船随即猛地往下沉,船舷一低于深潭水面就有大量的水灌了进来,船一下子就沉下去了。

"唔哦哦哦哦哦!"

早知道就不拼这一把了!我立刻就后悔了,并用全身的力气划动船桨,小木船却迟迟不见前进。就在我打算做好沉船的心理准备时，突然感觉到船桨的动作变轻了。仔细一看，原来是爱丽丝伸手握住了船桨前端，瀑布还拍打着她的后背。

船桨承受着两个人的力量，发出嘎吱嘎吱的剧烈摩擦声，小木船又像被弹开似的冲向前方，这才终于突破急流。轰隆声和水压瞬间消失，我在原地发了好一会儿呆，才急急忙忙地刹停小木船，它在平静的水面滑行了几米之后就停住了。

"……大家都没事吧？"

眼前一片漆黑，什么都看不见，我只好大声呼喊。阿尔戈和阿黑随即从前方回应了我，稍晚些许，也听到了爱丽丝近在身旁的叹气声。

"唉……还好，大家都安然无恙就算了。如果还来第三次，我一定会拒绝。"

"哎呀呀，多亏有你啊。"

我向她道了谢，然后从道具栏里拿出火把，并用打火石点亮。要是有个提灯……不，要是能学会光魔法就更好了。我在心里想道，将火把举高。

橘红色的火光照亮了一个宽阔的自然洞窟。洞顶处垂挂着无数钟乳石，左右两边的岸上也长着形状各异的石笋。回头一看，狭窄洞口的另一头就是瀑布内侧了。万一刚才小木船的前进方向往左或往右偏了一米，肯定就会撞上岩石，导致整个船体被撞毁，继而沉没。

我再次把目光移回洞窟内部，整个地面都是潺潺的水流，小木船应该可以继续行驶，更重要的是——

"看那里……是铁！有铁矿石！"

灰色墙面上有一些突出的黑色岩石，当中混着几丝红色。一看到这些，我便忘记了全身湿淋淋的不快感，大喊道：

"哇啊,那边也有……还有那边!"

"喂,桐仔,你冷静一点。比起矿石,现在更重要的是接下来该怎么做……"

"比起后面的事,还是矿石更重要啦!"

我划动船桨,让小木船靠近右边的河岸。

"爱丽丝,船桨先暂时交给你……现在水流不急,你竖着拿就行了。"

"……好好好。"

骑士大人叹着气站起身来,暂代了船夫一职。我把火把插进船舷的插口里,迅速跳上岸。露出岩石的地面湿湿的,很容易滑倒,我一路小心翼翼地避开石笋,靠近铁矿石。

最初在杰鲁埃特里奥大森林的棘针洞穴熊洞里发现铁矿石的时候,我们只能用原始的石斧,所以采集量很少,也很费时间。不过现在我有莉兹贝特帮忙打造的"上等的铁十字镐",我从道具栏里将它取出,用双手握紧,对准石壁上一块突出的矿石中心用力地敲了下去。

随着"锵、锵"一阵刺耳的金属声,橘红色的火星也四处飞溅。在现实世界里采集矿石需要敲碎其周围的岩石,而在这个世界里这样做就只能获得石头,所以必须直接敲击突出的矿石。这种大小的铁矿石估计得用石斧敲击三十次以上才能成功采集,我这把可靠的十字镐只敲了八次就把矿石敲出一条大裂缝来了。只要再敲两三次把矿石敲碎,它就会变成几个矿石块掉在地上,得小心别掉进身后的水里……正当我这么想的时候——

"桐仔,上面!"

"嗷呜!"

身后的阿尔戈和阿黑尖声警告道。我条件反射地往正上方望去，还以为是有怪物现身，结果看到洞顶两块巨大的钟乳石正在剧烈晃动。

"哇啊！"

我立即全力往后退，下一瞬间，钟乳石就无声无息地掉了下来，直接击中我的脚印，摔得四分五裂。我没有戴头盔，万一被砸中脑袋……即便不是当场死亡，HP也至少会缩减两三成。

"你，你还好吧？"

我扬了扬左手，向爱丽丝回道：

"还好。原来如此，这里设了机关，要是只顾着砸矿石，钟乳石就会掉下来……"

假若我是单枪匹马，刚才肯定就中招了。我还在感慨幸好有伙伴同行，阿尔戈却半是无奈，半是担心地说：

"喂，桐仔，反正你也没戴头盔，还是别弄了吧？"

"唔……"

她说得对，我的道具栏里确实没有这类东西。其实从SAO时期到现在，我就没有用过头盔之类的装备。这也不是为了耍帅，在完全潜行型的RPG里，戴头盔确实能提升防御力，只可惜这个优势远远不及它对视觉和听觉造成的阻碍。那位"防御之鬼"——"血盟骑士团"公会的首领希兹克利夫也没有戴头盔，所以我这么想大概也是合乎道理的，毕竟那家伙就是VRMMO的创始人——茅场晶彦本人……

带着这些在脑海里回旋的思绪，我走回那块被敲出裂缝的铁矿石跟前，对阿尔戈说：

"虽然没有头盔，但只要小心一点就没问题了。应该吧。"

我说完就再次握紧十字镐，确认过洞顶没有即将掉落的钟乳石之后就又敲了起来。敲到第三次，矿石就碎成了四块，从石壁上滚落。我急急忙忙地捡起所有矿石块,收进了道具栏。目前小木屋周边只有米夏曾经的老巢能采到铁矿石,供给量根本不够。若能在这个洞窟获得足够多的铁矿石,装到携带重量的上限,就肯定能在今后的小镇建设中派上用场。

后来每当在洞窟内发现铁矿石,我就停下小木船,一个劲儿地挥动十字镐。除了铁矿石,还找到了铜矿石和银矿石,以及不知能作何用途的水晶。就这样,我们一边采集素材,一边往洞窟深处前进。

即便是天然洞窟,这里也无疑是一个迷宫,会出现怪物也是理所当然的。其中最棘手的是一种巨型蝙蝠,它们三五成群地飞来,一上来就想扑灭我们的火把。为了避免自相残杀,在火把重新点燃之前,我、阿尔戈和爱丽丝三人都不敢随意挥剑。不过阿黑可是一头以"暗豹"为名的野兽,即使是在黑暗里也能看清敌人,一路上就不停地用两只前爪干净利落地击落那些到处乱飞,动作还很快的蝙蝠。

不到半小时,我、爱丽丝和阿尔戈的道具栏里就装满了大量资源,我正想细细体会一下这满腹的成就感——

"……你看起来不太高兴啊。"

听到爱丽丝这么说,我便关上窗口点头道:

"嗯……因为我发现了一件挺麻烦的事。"

"什么事?"

"这个洞窟离斯提斯遗迹不算很远吧?换句话说,这里早晚会被穆达希娜手下的攻略组发现,万一他们能采集到足够多的铁矿石,要给一百个人配齐铁制装备也不算太难。"

我的话让爱丽丝绷紧了脸。

昨晚来袭的修兹一伙人——应该就是那个叫"福克斯"的团

队了——总共有二十多人，其中大约一半人持有铁制武器，最后我们也仅是险胜而已。如果是全身穿着铁制装备的百人集团来袭，我们根本没有一点胜算。

"……确实，情况可能会变得像东之大门一战那样不利。"

爱丽丝以发僵的声音低语道。

人界军与暗黑界军在东之大门的那场激战拉开了Under World"异界战争"的序幕。当时我处于昏睡状态，但还依稀记得那笼罩了整个人界军阵地的沉重氛围。在那场战争中，爱丽丝失去了她唯一的弟子——整合骑士艾尔多利耶·辛赛西斯·萨蒂万。

让她把Under World里的战争与Unital Ring里的PvP一视同仁，实在让人过意不去……想到这里，我又觉得自己的想法太草率了。于她而言，两者都是真正的战斗，她都一定会拼尽全力。

于是我用双掌拍了拍脸颊，当是教训了自己，接着才对满脸诧异的爱丽丝说：

"就算是这样，我也不打算就这么放弃。万一穿着全副铁制装备的百人集团来袭，那确实是无计可施，而我们已经摸清敌人的阵容，也知道这里能采集铁矿石了，只要大家一起动脑筋，就一定能找到战胜他们的方法。"

"……说得也是呢。"

爱丽丝微笑着点了点头的下一刻——

"那么，我现在就给你们提一个建议吧。当然，这是免费的。"

坐在小木船船头的阿尔戈摸着阿黑的脖颈，回过头来对我们说道。

"你，你有什么好建议？"

"你不是说了吗？要是让敌人在这里采到铁矿石就糟了。那干脆把这里埋了吧？"

"把洞窟……埋了?!"

我语塞了大约两秒,望了望四周。这个钟乳石洞窟宽度约有六七米,洞顶的高度也差不多一样,而且岔道很多,我们至今也未能完全摸清洞里的情况。尽管是边走边采集资源,但少说也走了三十分钟,也还是没有走到终点。这么看来,洞窟的深度不少于两三千米。

"……大致需要十卡车的炸药才能把这里填上啊。再说了,即便是在Unital Ring里,也未必能实现这么大型的地貌改变吧?"

听了我有理有据的反驳,阿尔戈露出一个得意的笑容说:

"我可没说要把这里整个填上哦,只要把瀑布内侧的入口堵住就行了。只要封住那里,他们就没办法进来啦。"

"啊……没错,那样也许行得通……可也算是个大工程了,用十字镐怎么挖也挖不到洞顶的部分啊……"

"啊……原来是这样,我明白了。"爱丽丝"啪"的一声拍了拍手说,"是要建造,而不是破坏。"

"建造?啊,我懂了,是在入口处建一面石墙吧?"

我终于明白了阿尔戈想表达的意思,刚想举起右手打个响指,又在中途停了下来。

"可是那样也不行吧。假如玩家能在迷宫里建造墙壁和阶梯,那不就能随意抄近道或者给其他玩家使绊子了吗?"

"那你现在试试看就知道了啊。"

被阿尔戈这么一说,我也点了点头,觉得不妨一试。于是我用刚才举到半空中的右手打开环形菜单,从初级木工技能的制作道具一览表里选择了"石砌墙壁",一个半透明的虚拟物体就出现了。由于初始位置与洞窟的石墙重叠,重影一开始是灰色的,我将它稍微往旁边拉了一点之后就染上了淡紫色。

"……好像可以……"

"我就说嘛，看UR的设计理念，这大概行得通。"

看到阿尔戈得意扬扬的样子，我带着一种近似于"居然没想到这个法子"的不甘，向她提出了另一个问题：

"UR的设计理念又是什么？"

"若要用一个词概括，应该是'过剩'吧。全域地图过于广阔，图像过于精细，技能和能力过于繁琐……也就是说，这个游戏是在挑战我们这些玩家的游戏常识。那些将自己局限于框架里的玩家会死，敢于跨越常识、拓展思维的人才能活下来。"

"……"

闻言，我不禁陷入沉默。

与Vengeful Wraith对战时，我临时用亚麻仁油做了一把火焰剑，成功将免疫物理攻击的幽灵一刀两断了。这个想法姑且还属于游戏常识的范畴，当时阿尔戈还从我手里抢走火把，直接扔到幽灵身上那不断再生的切断面处，让火焰渗入它的身体，引发了爆炸——这才是超脱常识的思维拓展。

在SAO时期，我也经常突发奇想，还大胆地做了各种尝试。虽然一百个主意里有九十九个都失败了，但有好几次都是剩下的那一个点子救了我的命。然而到了ALO，我只顾着享受"普通的游戏"，不知不觉间就将挑战精神抛到脑后了。

我又想狠狠地拍打自己的脸颊，不过现在手里还抓着石墙的虚拟物体，便改为用力握紧那只手。几块粗糙的石砖从半空中掉落，在洞窟的河岸上砌成了一面两米见方的墙壁。

"……这不就造好了嘛。"

阿尔戈很是得意地说道。

"是造好了。"

我回应了一句便开始思考。

既然能砌墙，那么只要空间足够，玩家也能在洞窟里建房子，还能摆放生产设备……也就是说，可以建设据点。假设我们不光是用石墙堵住入口，还在洞里建据点，生产大量的铁锭，这样效率就会比往桐人镇……不对，往森林小镇运矿石高很多。这个主意仍属于常识范畴，倒也值得一试。

在此之前——

"那么，我们就采纳阿尔戈的建议，把这个入口封住吧。就是没能去勘探洞窟的终点有些让人遗憾……"

"要不我们就先到终点去看看吧？穆达希娜手下的部队不是要到大后天的夜里才出发吗？"

"嗯，这样也行。可是……"

虽说大进攻是在后天，但他们也该开始赚经验值和收集皮革素材了。在这种情况下，很可能已经有玩家发现了瀑布，正打算进来调查一番。

"唔……还是有点不放心啊。我一个人去入口那边，阿尔戈和爱丽丝就在这附近勘探一下吧。"

"咦咦？!"

爱丽丝立刻皱起眉头说：

"与其这样，还不如大家一起回到入口……"

"比起坐着小船往返，在岸上跑会快很多。反正我也知道该怎么应付那些冒出来的怪物了。"

"那你带着它一起去吧。"

阿尔戈说着，轻轻拍了拍阿黑的脑袋。黑豹也短促地"嗷呜"了一声。

"咦……就留下你们两个真的没问题吗？"

"喂，你又在小瞧我了吧。"

爱丽丝像个孩子似的鼓起双颊说。

"我的等级差不多追上你了，阿尔戈的身手也相当不错，你不如先担心一下自己吧。"

"是啊是啊。放心，我们也不会逞强的，你就别客气了，带着黑仔去吧。话说……"

阿尔戈把目光拉回阿黑身上，一边拍着它结实的后背，一边继续说：

"说不定你还能骑在它背上呢。"

"咦？骑在阿黑背上？"

"你试试看嘛。"

"要是骑上去惹它生气了怎么办啊……"

说是这么说，但我也觉得依黑豹的体格多背个人应该也不碍事，于是便跳下小木船，来到了岸上。可还没等我发号施令，阿黑就跟着轻轻一跃，走到我身边伏下了身子。

"……阿黑，让我骑一下可以吗？"

听到我的问话，阿黑短短地回了一声"嗷呜"。我把这当作同意，小心翼翼地跨坐在它背上。在我轻轻地把体重压上去的下一瞬间，它就轻松地驮着一身铁制装备的我站了起来。

"哦哦……貌似可以啊……"

"我就说嘛，你试着命令它开始跑吧。"

听阿尔戈这么说，我犹豫了一会儿才对爱驹……不对，是对爱豹招呼道：

"阿黑，go！"

话音刚落——

"咕噜噜噜嗷呜！"

黑豹就发出一声咆哮,开始以迅雷之势在只有一米半宽的洞窟河岸上狂奔。

"哇啊啊啊啊?!"

我左手拿着火把,惊慌之下只好用右手抓住阿黑背上的深蓝色毛发。身后还传来了"快点回来哦""自己当心点"的呼喊声,但很快就远去了。

洞窟的地面并不平坦,坑坑洼洼的,还到处长着尖锐的石笋,黑豹却丝毫没有放慢速度,还轻松地跃过了每一个障碍物。回想起来,第一次遇到阿黑时,它也为躲避那场致命的暴风雪而跑进了洞窟,或许"背琉璃暗豹"本来就是以洞窟为巢的吧。

我也是第一次骑在黑豹身上,骑马倒是试过几次——当然了,是在虚拟世界里骑的。我想办法让身体习惯阵阵剧烈震动,好不容易才感觉稍微与阿黑融为了一体。刚冒出这个想法,眼前就出现了一个窗口,写着:"获得骑乘技能,熟练度上升至1。"

看来阿黑在系统上属于允许骑乘的动物。照这么说,能背起五个帕特尔族小孩的棘针洞穴熊——米夏肯定也是这一类动物了,至于体格与阿黑差不多的长嘴大鬣蜥——阿鬣……目前还不清楚,等回到小镇再让亚丝娜试着骑一下吧。

在我思考这些事情期间,阿黑也在黑暗中一路疾驰。每次遇到分岔路,我就拉一拉它背上的毛作出指示,它就会往我所指的方向前进。前方偶尔还会冒出一些怪物,但我判断以这个速度足以将其甩开,便继续前进。这里没有其他玩家,所以即便引出了一大堆怪物也不必担心会造成麻烦。

阿黑仅用七八分钟就跑完了小木船三十分钟的路程——其中还包括了采集矿石和战斗的时间——眼前随即出现了一条似曾相识的宽敞直道。我轻轻地扯了扯阿黑的毛,让它放慢速度。竖起耳朵,隐约可以听到"哗啦啦"的瀑布声。

"阿黑,stop!"

黑豹立刻停下了脚步,我从它背上跳下,揉了揉它的脖颈以示慰劳,并从小包里掏出野牛肉干喂给它吃,自己则咬着从斯提斯遗迹买来的烤肉串,朝洞窟的出口走去。

没走多久,眼前就变得越来越明亮。我刚吹灭火把,就看到淡蓝色的月光从缺口处照了进来。

我再次确认洞口的大小,发现高度和宽度都有两米半。刚刚坐着小木船冲进来时感觉很窄,现在想堵住洞口了,又觉得还蛮大的。好在不用手动砌墙,只要用建筑功能就可以筑起墙壁,所以操作起来也不难,问题在于能不能横穿洞窟中间的河流建墙。不管怎么说,也只能先试一试了。

道具栏里塞满了大量的铁矿石和水晶,因此我先把一部分矿石实体化,在地上堆放好了才握紧十字镐。

洞窟的石壁上还留着我刚才采掘铁矿石时留下的坑。这个世界的资源过一段时间就会自动刷新,这个间隔却比一般RPG长了许多。我盯准坑洞旁边的位置,用力地将十字镐砸下去,一击就敲下了一块灰色的石块。我捡起石块,一个属性窗口也随之出现,上面显示着"灰滑岩"这个名称。既然可以在上游河滩那边无限采集的灰崩岩是"易碎的石灰岩",那这种就是"易滑的石灰岩"了吧。这也许是一种高级一些的素材,不过也不必专程去采掘。

我用十字镐挖了一阵子,把尽可能多的灰滑岩放进道具栏里,又在河流的浅滩处挖来一些黏土,然后从技能制作菜单里选中"粗糙的石墙",并把随之出现的虚拟物体移动到洞口的正前方,但整体呈灰色,说明不能在该处设置。我又直接把它拖到水里,还是灰色的。

"我就知道……"

这些情况早在预料之中,于是我将它移到右边,把大半个底部架到河岸上,它才终于变成了淡紫色。我握了握拳,在那个位置将石墙实体化,又继续挖掘灰滑岩和黏土,把另一面虚拟石墙拖到第一面上方,试图将它们拼起来。可惜,第二面石墙并没有变成淡紫色。

"唔唔……"

一般来说,一面巨大的石墙是无法在没有任何支撑物的情况下浮在半空中的。更重要的是,试图封锁迷宫入口这种做法本身就很离谱了。我正想放弃时,脑海里就响起了阿尔戈的声音。

——也就是说,这个游戏是在挑战我们这些玩家的游戏常识。

所以,我应该以工匠而不是玩家的思路去思考。

之所以无法在河里建墙,大概是因为这么做会截断河流吧。那换成不会截流的物体又会怎样呢?我滚动初级木工技能的菜单,最后将目光停留在"粗糙的木柱"这一项上。所需素材只是一根圆木,我的道具栏里好像还留着几根环松的圆木,于是我直接按下制作键,眼前立刻就多了一根虚拟的简易柱子,我把它移动到水面上,让它下沉,底部刚碰到河底就变成淡紫色了。

"成了!"

我忍不住用左手摆了一个胜利姿势,伏卧在旁边的阿黑也摇了摇尾巴。随后慎重地调整柱子的位置,将它实体化。重复同样的操作后,四根柱子与原先砌好的石墙就排在了同一条直线上,道具栏里的圆木已经用完,接下来只能祈祷我的计划能成功了。

再次从菜单里选中石墙,将虚拟物体拼接在第一面石墙和四根柱子上,原本呈灰色的虚拟物体立刻发出紫色的光芒,我不由得又喊了一声"成了"!并握紧右手,大量岩石立刻从半空中掉落，将洞口封住了八成。周围一下子变得很昏暗，我便再次点燃了火把。

接着我继续依葫芦画瓢，把岩石和黏土放进道具栏，不停地添补石墙。横着接上三面，再竖着垒了两面之后，终于彻底看不见洞口了。

虽说看不见，但也不是完全封死。毕竟只是一些"粗糙的石墙"，耐久度并不高，只要方法得当就可以轻松破坏，再者水面下的柱子也不牢靠。可是石墙的材质和洞窟一样是灰滑岩，从外面看颜色和质感都与周围融为一体了，应该没有那么容易被人发现这里有一个洞窟的入口吧。

这当然不可能一直瞒天过海，不过现在只要能阻止穆达希娜的军队凑齐铁制装备就够了。

我把右手伸进护颈里，碰了碰那个外表看不出来的项圈状纹样——"不祥之人的绞环"。自离开遗迹以来，穆达希娜还没有发动过这个窒息魔法，所以霍尔格等人现在或许还在老老实实地听从她的命令吧。这也难怪，我也不想再体验那种濒死般的恐惧了。

然而我还是得做好思想准备。与穆达希娜直接对战的那一天总会到来，要是她知道我中了"绞环"，肯定会毫不留情地发动魔法，能在那之前找到解咒方法的可能性也很低。

不管怎样，现在也只能做些力所能及的事了。

松开放在喉咙处的手后，我又打开了环形菜单，给爱丽丝发了一条信息："洞口封好了，我现在就回去。"不一会儿就收到了她的回复："知道了。我们这边也发现了头目的房间。"

"……说是还有头目哦。"

我无奈地对阿黑这么说。黑豹很精神地吠了一声，仿佛在说"我还很有精神呢"！

7

"……等回到镇上,第一件事就是建个浴场。"

爱丽丝坐在小木船的座板上,筋疲力尽地这么说道。

换作平时,我肯定会回她一句"还是以后再想泡澡吧,在河里用水随便洗洗就行了",但唯独现在,我不得不表示同意。坐在她前面的阿尔戈也在嘀咕"泡澡吗?真不错呢"。就连阿黑也无精打采地低吼了起来。

瀑布内侧的洞窟(暂定)的头目是一只巨大的蛞蝓,固有名称是"Stinking Snail"——听阿尔戈大姐姐说,stinking好像是"散发恶臭""令人不快的"的意思。这只全长达三米的大蛞蝓也名副其实,不停地从嘴巴里吐出一些恶臭的黏液,在削走我们的HP之前就给我们造成了精神打击。

当然了,那些臭水不仅仅是闻起来臭,还附带有"MP持续减少""视觉异常""延长冷却时间"这三种阻碍效果。再加上战场是一个圆顶形的地下湖,蛞蝓能以极快的速度爬上洞顶,我们被迫陷入苦战,必须划着小木船一路追着它跑,再用跳跃系剑技攻击。

它的物理攻击强度不大,因此我们中途就放弃躲避黏液,用剑技强行把它摆平了。战斗结束时,我们全身都黏糊糊的,根本没有心情为升级高兴。就算立刻跳进地下湖洗掉黏液了,也还是能隐隐约约地闻到臭味。

"……我说,这艘船是不是真的在往目的地走啊?"

被阿尔戈这么一问,我便不再闻自己身上的气味,往前望去。

头目房间的地下湖看着像是死胡同，但蚝蝓死后，靠里面的石墙就"轰隆隆"地往上升，出现了一条新的水路。我们仍在划船前进，却完全无法预估前方会出现什么情况。更让人担心的是，后方的石壁再次传来了关闭的声音，恐怕是再也无法回到头目房间了。

"如果是在艾恩葛朗特，应该会有通往下一层的阶梯……"

我没怎么细想就这么说了一句，爱丽丝歪着脑袋问道：

"说起来……那个坠落的艾恩葛朗特现在怎么样了？"

"咦？这个嘛……应该还是坠落时的样子吧？"

我和爱丽丝都没能见证那座浮游城坠落时的壮观场面，可听莉兹和西莉卡说，当时发生了堪比通古斯事件（注：1908年6月30日发生于俄罗斯西伯利亚通古斯河附近的爆炸事件，爆炸威力相当于二千万吨TNT炸药）的大爆炸。明明她们也没有亲眼看到通古斯大爆炸……我不禁心想，不过当时结衣还有检索地图数据的权限，她也说艾恩葛朗特的第一层到第二十五层都彻底毁灭了，所以那场爆炸肯定非常严重。

爱丽丝不是也听到这些话了吗？我没有出声问，而是微微歪头看着她，结果骑士大人噘起嘴巴说：

"这些事我当然知道，我想问的是能不能进去里面。"

"哦哦……唔，这个就不知道了……去那附近看看说不定能找到进去的路，不过……你想去吗？"

"嗯，算是吧。有件事我一直很在意。"

"在意什么？"

"那些因为艾恩葛朗特坠落而死亡的玩家都在斯提斯遗迹复活了，可是第一到第二十五层的城镇和村里的居民们呢？"

这句话让我狠狠地倒抽了一口气。

新生艾恩葛朗特里确实有很多居民NPC。第一到第二十五层都在那场爆炸中毁灭了，那些NPC到底是生是死？原则上ALO的NPC都具有无敌属性，和玩家不同，即便受了伤也不会死，却也没有听说过NPC被传送到了遗迹的消息。还有一种可能性，就是他们像Unital Ring世界的NPC——巴钦族和帕尔特族那样，不再是无敌的了。

"……阿尔戈，你知道艾恩葛朗特的NPC现在怎样了吗？"

"不知道，我还没调查得那么详细……"

情报贩子的回答让爱丽丝的神情变得更加严肃。

现在她应该明白VRMMO里的NPC是什么概念了，但在情感上似乎还是有些难以理解。那也难怪，毕竟Under World里的居民与我们人类一样拥有灵魂，也就是摇光，可他们本质上又与NPC有相通之处。就拿我来说吧，即使是一个没有经过AI化处理的固定应答型NPC，我也不太想将其当作一个会移动的物件。

"……等回到森林，要不要去一趟艾恩葛朗特确认一下情况？"

听到我这句低语，爱丽丝瞥了我一眼，默默地点了点头。

小木船仍在直直的水路上静静地前行。我打开地图，才发现在迷宫里无法显示全域地图，也摸不清我们现在大致在哪个地方。可是看方向，离杰鲁埃特里奥大森林应该不是很远吧……我用这些话说服自己，然后转到道具栏。

"啊……对了，刚才的蛞蝓也掉落魔晶石了。"

我的话让阿尔戈猛地回过头来说：

"真的吗，桐仔？那东西也没用什么魔法啊。"

"只有使用魔法的敌人才会掉落魔晶石，这应该算是游戏常识之一吧？"

"呃……"

阿尔戈露出被驳倒的表情，不过很快又笑道：

"算了，快说说是什么魔晶石吧。"

"我看看……"

我将道具按获取顺序排好，只见最上方罗列着蛞蝓的活体素材，要找的魔晶石则在下方。

"……上面写着'腐之魔晶石'。"

"腐？这个腐是什么意思？"

爱丽丝面露困惑地说，我便依字面解释道：

"就是腐烂的腐字。"

"……这么说，这是附有腐属性魔法的魔晶石？"

"应该……是吧。爱丽丝，你要吃吗？"

"免了。"

骑士大人不假思索地答道，我便把目光移到了情报贩子身上。

"阿尔戈呢？"

"我才不吃呢。"

"……"

这叫个什么事儿啊……我心里这么想着，又觉得把这种东西放进嘴里可能会触发糟糕的剧情，便准备关上道具栏。在我动手之前，阿尔戈突然开口说：

"话又说回来，柳树下的那只妖怪好像也掉了类似魔晶石的东西吧？"

"咦？啊……对对对，是有这么回事。"

Vengeful Wraith爆炸后确实出现了一团水蓝色的光，我也爬上柳树树干抓住了那团东西。我把列表往下滑，就看到在洞窟里获取的大量素材和在遗迹购买的食物，再往下就是——

"哦……哦哦！这次大概中奖了！是'冰之魔晶石'！"

"哦哦，听起来还不错嘛。赶紧试试能不能学到魔法吧。"

"咦……要让我学吗?"

我来回看了看阿尔戈和爱丽丝,她们都点了点头。

那我就不客气了。就在我动手将魔晶石实体化的前一秒,我停下了动作。

"……不,还是算了吧。"

"为什么?"

爱丽丝歪了歪脑袋表示疑惑,我稍作思考后答道:

"你看,我选的是'刚力'这一分支的能力,魔法技能还是留给选择了'才智'的人去学吧。"

我是真心这么想的,但这并不是全部。我也不是在找借口,但在情感上,我总觉得自己和冰属性魔法不是很搭。冰魔法……不,冻素术是我某位已经逝去的挚友所擅长的技能,我再怎么努力都只能做出五个冻素,而他用两只手可以做出七八个。

爱丽丝似乎察觉到了我的思绪,便微笑着说:

"原来是这样。那么就先把冰之魔晶石存着,等找到合适的人再用吧。"

"就这么办。"

我正要关闭窗口,阿尔戈又说:

"既然这样,就试试习得腐属性魔法嘛。"

"咦咦……我才不要。暗黑属性的魔法倒是可以……"

"现在这种状况容得你奢侈吗?说不定那些没什么用的MP能派上用场呢。"

那你自己来学啊!虽然我很想这么说,不过阿尔戈与洞窟内的怪物和蛞蝓战斗后也只升到了11级,而我在打倒蛞蝓之后升了一级,现在是18级,所以我的MP总量比较多。反复使用是提高魔法技能熟练度的唯一方法,因此从理论上来说,MP越多,使用次数就越多，熟练度也就提升得越快。

"……好吧。"

我下定决心，将"腐之魔晶石"实体化。

眼前出现了一个直径约一点五厘米的球体，大小和我昨天交给结衣的"火之魔晶石"差不多，只不过那颗呈红宝石般漂亮的红色，这颗却是混浊的灰色，就像在污水里熬煮过一样。

若想习得魔法技能，就必须把这东西放进嘴里咬碎。当时结衣从嘴里喷出了火焰，那么这颗石头会让我喷出什么呢——

"喂，赶紧的。"

这家伙肯定是想看好戏吧！在心里如此确信的同时，我打定主意，把灰色石头丢进口中。口感又滑又硬，暂时尝不到什么味道。随后我用右边的后槽牙咬住石头，渐渐使力。

不一会儿，我就感觉到石头微微裂开了。看来还行。于是直接将它咬碎——

"……呜呕呕呕呕!!"

就算眼前有两位淑女，我还是忍不住双手扣喉，弓起后背，尽全力呕吐了。我根本无法阻止自己的失态——因为我嘴里充满了一种黏液，而我在现实世界都没有尝过和闻过这么恶心的味道。若要打个比方……不，如果能联想到具体是哪种物体会发出这种味道，搞不好我真的会吐出来。

"水……水，给我水……"

我伸出右手呻吟道，阿尔戈赶紧递出装着井水的简易水壶，我一把抓住，拔掉瓶栓，大口大口地喝下冰冷的井水。等我把壶里的水喝得一滴不剩了，还是抹不去嘴里那种讨厌的后劲，但也多少抑制了蠢蠢欲动的呕吐感。

"……谢，谢了……"

我道过谢，把空空如也的树果水壶丢了回去。与此同时，我眼前出现了一个信息窗口：

"获得腐魔法技能，熟练度上升至1。"

"……"

光是看到那个"腐"字，我的胃就再次打起了冷战。假如把刚才那些黏液吐出来就无法习得这种魔法，估计十个人中有九个都会失败吧。

不管怎么说，这样一来，我就成为继结衣之后的第二个魔法师……不，应该算是魔法剑士了吧。我移动到技能窗口确认详细说明，发现那里显示的熟练度1可使用魔法只有一个。

"我看看……'腐弹：发射某种腐烂物品的块状物。'某种是指哪一种啊……话说这个技能的命名也太……"

我碎碎念似的咒骂着，而阿尔戈像是在拼命忍笑般地——实际上就是这样吧——说：

"你赶紧试一下吧。"

"要是你敢笑出来，第二发我就对着你打。"

放下狠话后，我点击了腐魔法技能的名称，阅读上面显示的提示。根据提示，腐魔法的基本手势是将两手张开，像接球那样让两手的指尖相触。我立刻照做了一遍，与昨天结衣展示的火魔法基本手势——左手拳头抵着右手掌心相比，总有一种撇不去的怪异感。

不过魔法还是顺利发动了，我两手间冒出了一团灰中带绿的特效光，紧接着是"腐弹"的指定动作——这个倒是简单，将两手微微合拢，再往两边拉开二十厘米左右就可以了。双手间随即出现了一个与特效光同色的、橘子般大的球体，表面的黏液就像生物般蠢蠢欲动，确实是"某种腐烂物品"。

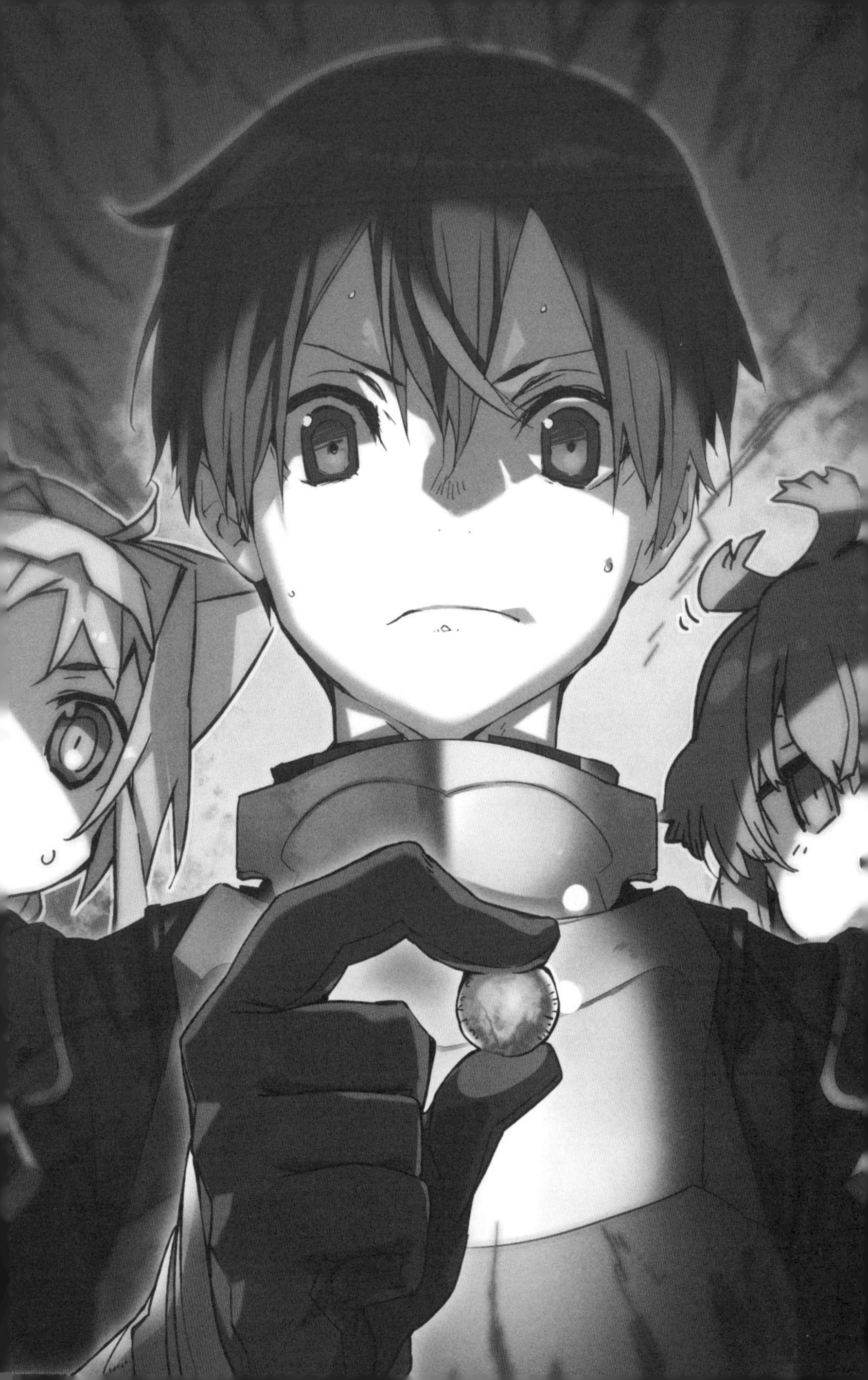

与此同时，我的视野里还出现了一个淡紫色的瞄准光圈。现在光圈还紧贴在小木船的底部，我微微抬起双手，光圈便跟着移动，直到捕捉到阿尔戈的脸才停了下来。好像其余两人都看不到这个光圈。

在某种淘气的蛊惑下，我很想就这样将腐弹发射出去，但想到自己好歹也快十八岁了，只好忍住这股冲动，再次移动瞄准光圈，最后对着左边岸上垂落的钟乳石握紧双手，做出发射动作。

咚咻——！随着这个夸张的效果音，灰色球体从我的两手间射出，分毫不差地击中了钟乳石，脏物立即四处飞溅，但除此以外就没有什么效果了。钟乳石本来就很容易碎，那上面却连一丝裂痕都没有。

"……貌似不能指望这一招有多少物理攻击力啊。"

听了阿尔戈这句冷漠的评价，爱丽丝轻声附和道：

"至少还有一点讨人嫌的效果吧。"

躺在船头的阿黑貌似很不耐烦地晃了晃尾巴。

就算我没有选择"才智"这个能力树，我的MP也足以连续三次发射腐弹，因此我一边忙着做无用功的射击，以此提升腐魔法的熟练度，一边在昏暗的水路上前行。大约十五分钟过后，前方的场景出现了变化，多了一些朦朦胧胧的蓝色光线——月光照进了洞窟。

终于到出口了！我很想这么感叹一句，却又怕话一出口会让希望落空，只好默默地划动船桨。阿尔戈和爱丽丝也一语不发地凝视着前方，只见水路变窄了一些，左右两岸也开始呈弯曲的蛇状，如果就这样继续前行，这艘长约五米的小木船可能会卡在拐弯处。正当我为此担心时——

两边的石壁突然毫无征兆地消失了，小船滑到了水流滔滔的宽阔水面上。原来是一条河流。

我往后一看，陡峭的石壁上有一处狭窄的空隙，石崖表面凹凸不平，从远处看还以为那只是一处低洼。我赶紧调出全域地图，发现我们现在位于迷宫入口处的瀑布与杰鲁埃特里奥大森林南边一带的正中间。也就是说，这条河就是我和爱丽丝几小时前经过的玛尔巴河。我又看了看周围，发现这些风景都似曾相识。

"……那地方竟然会有个入口。"

爱丽丝低喃了一句，我也呆呆地点了点头，说：

"之前完全没发现……可是从这边进入就无法打开头目房间的门了，所以洞里其实只有一条死路。"

"凭我们也无法打开吗？"

"这个嘛……谁知道呢……"

按照一般游戏的套路，玩家打败头目之后或许也能从后门进入洞窟，我却觉得这种常识在Unital Ring世界不会通用。其实只要试一遍就知道行不行，不过我暂时不想再靠近这个洞窟了。

"算了，不管怎么走都得把船运到瀑布上面，现在不用毁掉小船不也挺好的吗？"

阿尔戈这么说完就高举双手，做了一个深呼吸。爱丽丝也闭上了眼睛，看似心情不错，占据船头的阿黑则以猫科动物特有的动作伸了一个懒腰。

我也停下划桨的手稍作休息，吸入满腔的新鲜空气，但萦绕在喉咙处的窒息感依然没有消散。恐怕在"不祥之人的绞环"解除之前，这种感觉会一直留着吧。

视野右下角显示的时间正好快到深夜12点了，还以为在洞窟里闷了好长一段时间，其实也就一小时左右而已。即便是逆流而上，小木船的时速也能达到二十公里，只要不出问题，大概再过三十分钟就能回到杰鲁埃特里奥大森林了。

接着我把刚才一直开着的窗口切换到信息页面，给亚丝娜发了一条简短的信息："我们都没事，估计1点之前就能到家了。"然后想了一会儿，又加了一句"生日快乐"。

旧日

9月30日，星期三，早晨7点15分——

快行电车一开动，我就把身体靠在座位上，闭上了眼睛。

离我家最近的本川越站是西武新宿线的始发站，所以这个时间段排一会儿队还是有座位的。我平时上学都会一路站到田无站，唯独今天是真的很想补充一下睡眠。自星期天傍晚Unital Ring事件发生以来的三个晚上都完全潜行到天亮，即使是我也快撑不住了。现在还不知道事件的黑幕是谁，也不知道那人为什么不在暑假期间引发事件，不然我就可以每天都全神贯注地玩上二十个小时了，说不定还可以在第三天冲到终点"极光所指之地"。

在我思考这些事情时，意识也在一点一点地沉入睡眠的深渊，但在即将入睡的时候又突然停了下来。大概是因为担心抱在怀里的细长手提袋掉落，还有魔法师穆达希娜用法杖敲击地面的刺耳声响在耳边挥之不去吧。

直到昨晚……不，是我在今天凌晨4点下线之前，那个女的都没有发动窒息魔法。她所说的"有效范围不受限制"也许只是虚张声势，我离斯提斯遗迹的直线距离足有二十五公里，可能也超出那个魔法的有效范围了，可是这些都只是我的乐观猜测，毕竟那个魔法可以同时对一百个人施加那么强大的诅咒，就算到大地尽头都有效也不足为奇。

昨晚，我、爱丽丝、阿黑以及阿尔戈都安全地回到了城镇。当时已是深夜，伙伴们还是热情地迎接了我们。令我意外的是，城镇里不仅有帕特尔族，还多了十个巴钦族人。

我和爱丽丝离开没多久,莉兹贝特、结衣和亚丝娜三人就出发前往巴钦族的村落了,途中遇上了一些麻烦:一会儿被野外头目巨型无鞭目蜘蛛追赶,一会儿掉进巨型蚁狮的巢穴,不过最后她们不到两小时就跨越了基约尔平原的东南部。

一到巴钦族营地,她们就奉上了自备的野牛肉干,还趁着对方高兴的劲儿将移居一事提上了议程。亚丝娜她们也坦言小镇不算很安全,营地的首领——一个叫伊塞尔玛的女战士竟提出用剑对决,还说:"看看你们是不是有能力保护小镇和镇民。"

当时莉兹贝特是12级,结衣和亚丝娜分别是11级和10级,而且后两者选择的都是"才智"分支的能力,不适于应付近身战斗。莉兹贝特本想应战,亚丝娜却按住她的肩膀,说:"让我来吧。"

亚丝娜所用的武器是莉兹贝特锻造的"上等的铁制细剑",防具则和结衣一样,只有轻便的胸甲、护腕与护腿,而伊塞尔玛队长也只有胸口和腰上有皮革护具,但她体格健壮,身形比亚丝娜大了一圈,武器又是堪比变种剑加斧头的厚重弯刀。看到亚丝娜手上那把漂亮但似乎一不小心就会被砍断的细剑,伊塞尔玛和其他巴钦族战士都以为她是帮莉兹贝特这个战锤手打头阵的。

然而亚丝娜几步就躲过了伊塞尔玛的猛攻,然后抓住对方失去平衡的破绽,用细剑使出了二连击剑技"并行毒针",连续击中弯刀的重心,将其打飞。伊塞尔玛随即认输,并当场指定了下一任队长,自愿移居到杰鲁埃特里奥大森林。

伊塞尔玛一说要去,就立刻又有九个巴钦族人报名,于是亚丝娜一行十三人一路击退无鞭目蜘蛛和蚁狮,在深夜11点左右回到了森林小镇。虽然我们迟到了将近两个小时,但亚丝娜说她们忙着安排巴钦族住进西区,还要制作一些必要的家具,所以感觉时间一下子就过去了。

原本我还担心巴钦族人会不会把阿黑和米夏当作猎物,不过在他们看来,狩猎熊、豹的人和驯服它们的人都是勇者,而后者似乎更胜一筹。当然了,使唤熊的比使唤豹的高级,因此对巴钦族人来说,这座城镇的最高统治者是西莉卡。我对此也没有一点异议。

简单的欢迎会后,我和伙伴们聚集在小木屋的客厅,又开了一次会议。克莱因和艾基尔得知新伙伴是《阿尔戈攻略本》的那个阿尔戈之后都非常吃惊,只可惜当时没有多余的时间叙旧了,必须尽快讨论出应对穆达希娜的威胁的方法。

暗黑魔法"不祥之人的绞环"威力惊人,还有一支百人队伍最快明晚就会对森林小镇发起总攻击这两个消息让众人震惊,就连克莱因也有好一会儿说不出话来。最后大家一致认为现在不能选择弃城逃走这条路,若敌人来犯,我们全力迎击就是了。

由于瀑布后面的洞口已经被我用石墙封好了,敌人不大可能让整个队伍凑齐铁制装备,再加上霍尔格、迪克斯和津风吕等人——敌方的大部分人都是受穆达希娜胁迫,士气应该不高。我补充了这两点,可对方还是在人数上占据了绝对性的优势,而这边有十个巴钦族人、二十个帕特尔族人,再加上阿尔戈总共四十一人,还有四只宠物。即便米夏和毕娜拥有相当于五个人的战斗力,阿黑和阿鬣各相当于两个人,算起来也就五十人,只到敌方的一半。要想颠覆这个战力差,就必须再准备一个撒手锏。

会议一直持续到了凌晨2点,大家提出了各种建议,但每一个都缺乏实效性或难以实现,结果就变成这天晚上未能解决的问题了。至于上一次会议提出的议题——代替"桐人镇"的名称,莉法倒是有一个差强人意的提议。

这个新名称叫"拉斯纳里奥",据说是凯尔特神话里的国王城堡，和这座森林小镇一样被一圈城墙包围着。我们的城镇里没有国王，不过倒也没有人提出异议，应该说立刻就一致赞成了，于是正式名称就这么定了下来。拉斯纳里奥是会成为真正的城镇，还是仅过三天就化为废墟，就看明天晚上的一战了。

会议期间，阿尔戈总是偷偷地看向我，应该是在示意我向大家坦白自己中了穆达希娜的魔法一事，而我直到会议结束都没有说出口。要是说了，大家都会为此感到担心、愤怒，说不定还会把解除魔法当成最优先目标，我却有一种不祥的、近似确信的预感——除非打倒穆达希娜，折断她的法杖，否则这个诅咒就永远无法破解。我不能为此浪费大家的宝贵时间，现在应该让整个队伍尽可能地提升等级和技能熟练度，巩固城镇的防卫。

等会议结束，阿尔戈走了过来，有些无奈地小声对我说了一句"你这家伙真固执"。她似乎是决定暂时尊重我的意见了，又补充道："罢了，我也会尽我所能的。"说完就向亚丝娜等人走去。

我承认自己很固执，但这个魔法无法解除的判断也不是毫无根据的。刚才我在会议上详细解释这个"绞环"时，结衣就面露难色地说过，这个魔法规模太大，效果也太强大了。

就算穆达希娜继承了ALO的暗黑魔法技能，熟练度应该也在缓冲时间结束后下降到了100才对。如果以单手剑剑技打比方，能在这种状态下发动的魔法大致只相当于三连击技"锐爪"，可是"不祥之人的绞环"怎么看都是与最高级的十连击技"新星升天"同等的……不，是比不存在于ALO中的最高级二刀流剑技——二十七连击技"日蚀"还要厉害的极强魔法。

结衣的话让众人陷入了沉默。穆达希娜确实发动了需要1000熟练度的魔法，或许需要同等级的魔法或稀有道具才能解咒。起码在弄清楚她能发动那种魔法的原因之前，都不应该执着于怎么解咒。

我迷迷糊糊地思考着这些,快行列车很快就驶进了花小金井站,到下一站田无站就得换乘慢行列车了。到头来还是没能好好睡上一觉,不过等到了学校,也许还可以小憩二十分钟左右。

随后我重新拿好原本放在膝盖上的书包和纸袋,准备起身离开舒适的座位。

列车拐了一个大弯,晨光便从身后的车窗外照了进来,照得我的后颈有些发烫。天亮前还在下雨,现在云团都飘向东边的天空了,看来今天会有一个好天气。

我好不容易在没有打瞌睡的情况下熬过了上午的课程,然后左手提着在食堂买的快餐,右手拿着印有商场Logo的手提袋,像昨天那样赶往图书馆旁边的草坪——"秘密庭院"。

一穿过隐藏在树篱之间的狭窄缝隙,一股清新的植物香味就钻进了我的鼻孔。草坪基本是干燥的,树木的树梢却一片青翠,树根充分吸收了雨水,好像还可以听到这些水经过导管时的声音。

刚踏入草坪一步,我就停了下来。在并立于小山丘中间的两棵常绿树——合欢树和白檀树下,可以看到一名女学生的背影。

透过树叶缝隙的阳光往那人的长发洒下黄绿色的斑点,虽然她穿着"归还者学校"的校服,看上去却像是虚拟世界里的人,仿佛再靠近一些就会消失……

就在这些想法在我脑子里盘旋时,女学生像是感应到了呆呆站立的我一样,轻盈地转过身来。

在看向我的瞬间,她先是露出一抹微笑,又马上摆出了闹别扭的表情。我急急忙忙地跑过去后,她又把脸转向一边说:

"真是的,为什么桐人每次都不说话,就站在我身后看着呢?"

"咦咦……我也不是每次都这样吧？"

"一开始的时候就是这样了。"

"一，一开始？"

"我在艾恩葛朗特第一层的迷宫区和狗头人对战的时候，你就躲在阴影处偷偷看着了吧？"

真没想到四年前的往事会在现在被拿出来说事，我苦笑着辩驳道：

"我总不能打扰你战斗啊……你打完之后，我不是也出声和你打招呼了吗？"

"可是你开口第一句就是'你刚才的战斗方式，过量伤害也太多了吧'啊。老实说，我对你的第一印象就在'怪人'和'危险的人'中间摇摆呢。"

"啊，真过分……我当时是真的在为亚丝娜担心啊。"

听了我这个回答，女孩忍不住笑了。我也跟着笑了起来。但当时我之所以在战斗结束前都没有出声，是因为我真的看得入迷了。亚丝娜的剑技就如流星般贯穿了黑暗，非常美丽。

我们笑了一会儿，亚丝娜突然张开双臂，紧紧地抱住我说：

"其实你和我打招呼的时候，我还挺高兴的。因为那样让我觉得，原来这个世界也有玩家会去关心其他人。"

"……"

我不知道该怎么回答她，想着至少要回应这个拥抱，只可惜两只手上都拿着东西，无法如愿。只好无奈地用脑袋碰碰亚丝娜的头，试图以此传达自己的心情。也不知道有没有成功，过了几秒，亚丝娜就轻轻退开，以一如既往的恬静笑容说：

"来，我们吃午饭吧。抱歉哦，让你跑腿。"

"别客气，今天是亚丝娜的……"

刚说到一半，亚丝娜就用食指抵住了我的嘴唇。

"我想等吃完饭再说这个。"

"……明白。"

我点了点头，把两个袋子都提在左手上，用右手从校服的口袋里拿出聚乙烯材质的塑料薄布，铺在草坪上，接着先把细长形的手提袋藏在身后，再拿出在食堂买的面包三明治和蔬菜汁。昨天午餐吃的也是面包三明治，不过每天都会更换馅料，也不容易吃腻。

"来，这是亚丝娜的鲲鱼蔬菜三明治。"

"谢谢。桐人吃的是什么？"

"戈根索拉乳酪加番茄干。"

"咦，感觉这个也很好吃呢。分我一半吧。"

"可以啊……"

我点头道。不过用手很难把烤得松脆的法式长棍面包正好撕成两半，也不能把吃过的东西递给人家……想到这儿，就看到亚丝娜从短裙的左边口袋里拿出了一个银色的物体。是一个套着两把钥匙的钥匙圈……不，是一把多功能折叠刀。她从中抽出一把刀刃长约五厘米的小刀，反着递给了我。

"给，用这个吧！"

"……也，也行……"

我接过小刀，再次看向亚丝娜。

"……你经常带着这个到处走吗？"

"是啊。"

"为什么要……要是被巡逻警察盘问就麻烦了。"

"女高中生才不会被盘问呢。"

真的不会吗？我正疑惑，亚丝娜却突然绷紧脸说：

"我已经下定决心了。下次一定要由我来保护桐人。"

"咦?"

经过短暂的困惑,我才终于明白她话里的意思。大约三个月前,我就在亚丝娜面前被PK公会"微笑棺木"的余党——强尼·布莱克,即金本敦注射了大量的骨骼肌肉松弛剂,导致心肺功能停止。稍微换位思考一下就能想象当时的亚丝娜有多么不安和害怕,如果换作是我,我肯定也会在心里发誓,不再让她遇到同样的事。然而……

"……没事的啦。沙萨和强尼·布莱克都被逮捕了,不会再有人想对付我了。"

我想表达的是,就算再怎么想保护我,我也不希望你随身带着小刀啊……但亚丝娜的表情依然没有改变。

"你说的或许是对的,但我不想再后悔了。"

她说得那么坚定,此时的我也只能点头了。

"……那好吧。"

我看了看右手里的小刀,便直接把折起来的包装纸当成砧板,朝面包三明治的正中间下刀。这把五厘米长的小刀看似玩具,却异常锋利,我稍微使了点力就把坚硬的法式面包切开了。轻松地把第一个面包三明治一分为二后,我继续下刀切开了第二个。

"……切好了。"

我把一半鳗鱼蔬菜三明治和一半番茄乳酪三明治重新包好并递出去,亚丝娜道了声谢就接下了。随后我又用纸巾仔细地擦拭小刀的刀刃并收好,还了回去。

两种面包三明治都很美味,在我心想"还好分着吃了"的同时,内心深处的不安仍像小石头似的留在那里——假如"微笑棺木"还有我不认识的余党,而亚丝娜在那人来袭时用小刀反击,就可能因防卫过当而被捕。当然了，我不希望自己或亚丝娜受伤，但也不觉得让她随身携带武器是最好的办法。

那我也应该随身带一把小刀吗？不……肯定还有其他更好的办法的。

就这样，我一边左思右想，一边默默地咀嚼面包。亚丝娜突然低声说了一句：

"……对不起，让你担心了。"

"啊……不，是我让亚丝娜担心了才对。毕竟当时我差点就死在你面前了……我自己也应该更有所防备才行。"

"不，其实我脑子里也明白是自己想太多了。随身带这种东西确实不太对劲，可桐人在SAO时期开始就招惹了很多人，不管是好人还是坏人都很多……"

我哪有啊！我本想立刻出声否认，但又说不出口。第一次有"微笑棺木"的人想杀我，还是艾恩葛朗特的开局阶段，我们还在第三层时的事。

仔细想想，在我们被强制转移到Unital Ring后，第一天来袭的莫克里一伙、第二天的修兹一伙，还有昨晚的穆达希娜都提到了我的名字。明明我读初中那会儿在班上一点也不显眼，也不知是哪一环出了差错才会演变成这样。

不过我也总不能现在才来改名，既然亚丝娜这么不安，那么我的任务就是想办法解决这个问题。

"……我会多留意身边状况，也会找菊冈先生商量，看看有没有办法确保自己安全的。"

亚丝娜右手还拿着最后一小块面包三明治，皱起眉头说：

"在我的分类里，那人夹在'好人'和'不是好人'之间。"

"这个嘛……或许你是对的。"

见我一本正经地点了点头，亚丝娜轻轻地笑了。

我们同时吃完面包三明治，喝完蔬菜汁，麻利地收拾完垃圾之后，便继续坐到塑料薄布上，仰望天空。

湛蓝的天空中还残留着夏天的气息，但不可思议的是，我们在这片草坪上竟感觉不到一丝暑气。四周都被建筑物和树篱围住，却有一阵舒适的风吹来，撩动了亚丝娜的长发。到底是谁在管理这个地方呢……我大概想过这个问题十来遍了，但还是没有在这里见过其他学生或教工的身影。

合欢树和白檀树的树叶正在我们头顶上摩挲，发出让人心旷神怡的声音。白檀树的长势更苗壮一些，但听亚丝娜说，这种树是半寄生植物，会在地下从旁边的合欢树根部吸收水和养分。于合欢树而言，这种行为应该挺麻烦的，但树木自然说不了什么，只能让树枝随风摇摆。

我也从亚丝娜身上获得了很多，但我能拿什么回报她呢？我把这些想法赶出大脑，转过身去，凝视着身旁的亚丝娜说：

"……祝你生日快乐，亚丝娜。"

听到我倾注了所有心意的祝福，亚丝娜有好一阵子都没出声，只是直勾勾地盯着我看，仿佛在细细回味。半响，她才以温柔的声色回道：

"谢谢你，桐人。"

也不知是谁先将脑袋凑近的，我们的距离变成了零。虽说是在校园里，不过这里是"秘密庭院"，应该没关系吧。

"……其实啊……"

亚丝娜把头靠在我的肩膀上，轻声细语道：

"其实去年生日的时候，我还有点不高兴呢。因为在那一星期里，我和桐人就要相差两岁了。"

"咦……你很介意吗？"

"这可是个大问题呀……可是在Under World里，桐人的精神年龄已经比我大了吧？"

她这么说也没错。我在时间加速的Under World里度过了两年，但那段时间在现实世界里还不到一个星期。现在我的精神年龄已经是二十岁，变得比亚丝娜年长了，只是我对此一点实感也没有。

"是啊……照这么说，今天亚丝娜就追回一岁了吧。"

"就当是这样好啦。等下星期桐人生日，我会和你说一声'十八岁生日快乐'的。"

"那就先这么定了。"

我们一起笑道。

趁着笑声平静下来的时候，我拿出藏在身后的手提袋，用双手捧着底部递了出去，说：

"这个……这是礼物。"

我本来想再加一句"不是什么贵重物品"或者"也不知道该送你什么东西"，但还是努力忍住了。只见亚丝娜露出灿烂的笑容，接过了礼物。

"谢谢你，桐人。我可以打开吗？"

"嗯……可以，请便。"

亚丝娜小心翼翼地揭开封住纸袋的封条，往里面看了一眼，接着歪了歪脑袋，把它放到塑料薄布上，用两只手轻轻往里探去。

随后她拿出一个绑着红色缎带的细长包裹，撕开顶端的胶带后，那块无纺织布就像花儿般绽开，让里头的东西露了出来。那是一棵种在白色花盆里的树苗，高约二十厘米，纤细的树干下长着好几片奇特的锯齿形树叶。

她轻轻地摸了摸其中一片叶子,然后猛地抬起头说:

"这是糖枫的树苗吧!"

"嗯,是啊……你一看就知道了啊。"

"当然啦,这可是充满了我们回忆的树呀。我好高兴,谢谢你,桐人。"

亚丝娜说完就再次抱紧了我。我用双手环住她纤细的身体,那些本已远去的场景瞬间清晰地浮现在眼前。

虽然亚丝娜说这是充满了回忆的树,但留存在我们记忆里的并不是真正的树,而是它被加工过后的形态,也就是放在旧艾恩葛朗特第二十二层那栋第一代"森林小屋"的木地板上的摇椅。那张椅子就是用糖枫树,即枫木做的。

一位叫马赫克尔的木匠帮我们打造了那张摇椅,在我们仅仅两周的新婚生活里,它成了一个象征物。亚丝娜总是先让我坐在上面,自己再像一只小猫似的坐到我的大腿上。即使是虚拟的婚姻、虚拟的家具,我们共度的时光和感情也是真实的。

昨天阿尔戈说不必将虚拟世界和现实世界里的亚丝娜区分开来时,我就冒出了一个主意——今年就选一个能象征我们的过去与未来的东西送给亚丝娜吧。

"我想和你一起种下这棵树苗,看着它长成一棵大树……当然,这份工作要暂时交给亚丝娜了……"

亚丝娜听到我这么说,就把脑袋埋进我胸口,以有些发颤的声音说:

"嗯……嗯。一定会长成一棵气派的大树的……等我回到家,就马上移植到一个大盆里……"

她说到这里就不自然地停了下来,我顿感疑惑,结果看到她

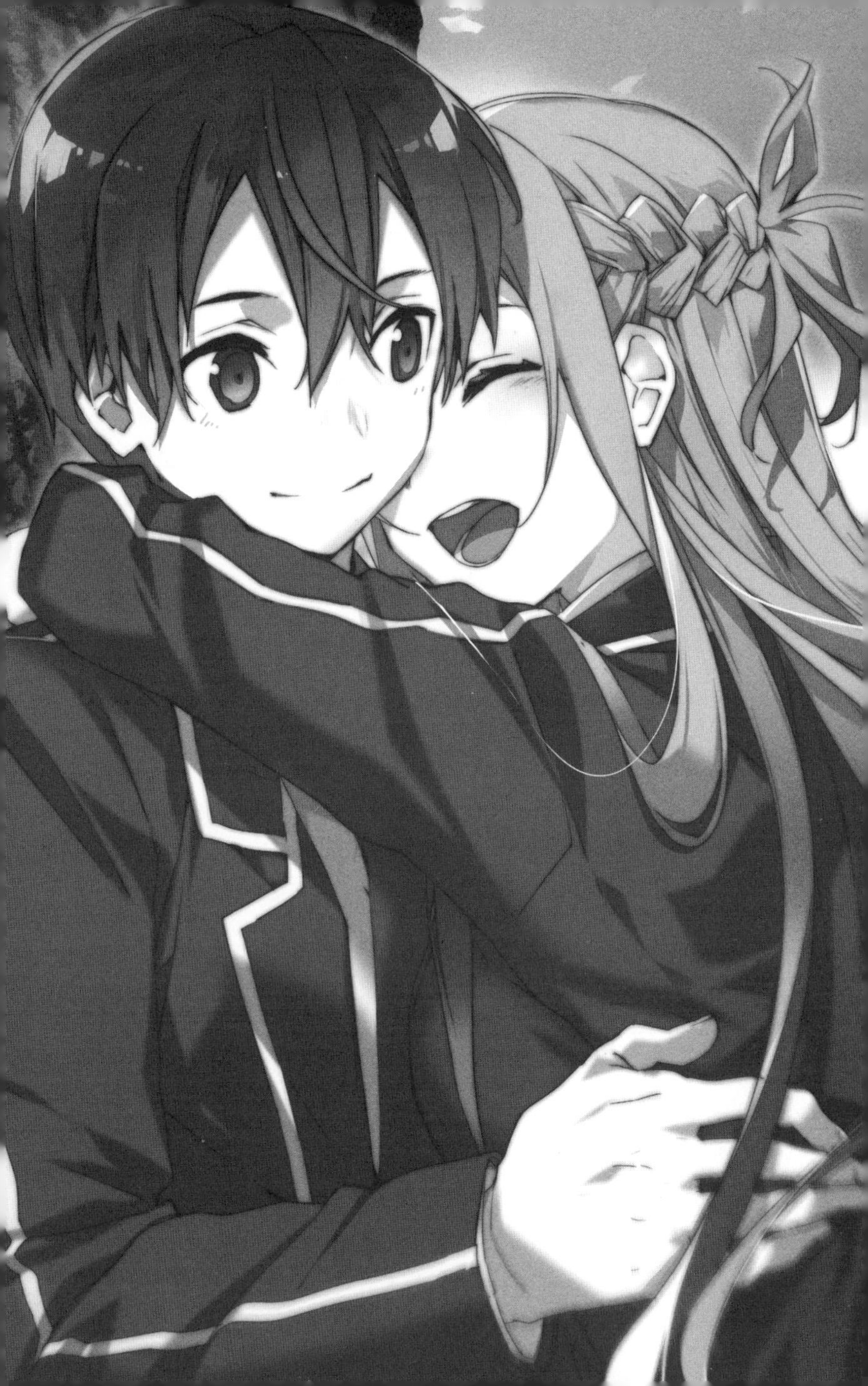

也扬起了头，眼角还带着泪滴就四处张望了起来。

"怎，怎么了？"

"……我突然想到了一个主意……要不就把这棵树苗种在这里吧？这样我们就可以一起照料了。"

"啊……"

原来如此。我原本打算先让亚丝娜把树苗带回家里，在盆里栽培，不过枫树的树苗要想长得枝繁叶茂，肯定还是种在地里更好。之后还得查一下将来能不能移植到别的地方，假若能种在这个"秘密庭院"里，那自然是再好不过了。

"也是……可我们根本不知道到底是谁在打理这片草坪……"

听了我的嘀咕，亚丝娜也颔首道：

"我之前也想调查一下，但要是和别人说了就不是秘密了，所以我不是很想开口……"

"就是啊。现在知道这个地方的，就只有我们、莉兹、西莉卡，还有昨天带来的阿尔戈……啊！"

我脑里瞬间闪过一个想法，于是开口说：

"要不就让阿尔戈去查好了。凭她的能力，应该可以轻轻松松地查出来吧？"

"咦咦？"

亚丝娜瞪圆了双眼，接着又带着淡淡的苦笑说：

"阿尔戈小姐大概是可以查到啦……但如果她要收情报费，就要由桐人付钱了哟。"

"唔……那，那还是算了。先不说管理人了，这棵树苗要怎么处理？先带回我家吗？"

"那怎么行？我会带回家的啦。"

她立刻答道，又碰了碰花盆里的土，确认过湿气之后才重新包好，放进纸袋里。整个纸袋长宽各十五厘米，高四十五厘米，算上花盆差不多有一公斤重，也不至于让女孩子没法提着走——不过……

"可是你看，今天……"

我才说到这里，亚丝娜就露出了恍然大悟的神情。

今天我和亚丝娜都会缺席午休后的课程。当然了，我们并不是逃课，而是和昨天的我一样，去进行就业前的职场参观。昨天那份申请书是捏造的，但今天要去的是我将来真的想去就职的公司——名为"海洋资源探查研究机构"的独立行政法人……也就是RATH。

"嗯……"

亚丝娜大约思考了两秒就点头道：

"算啦，反正RATH空调很足，在那里放几个小时应该也没问题吧。这棵枫树苗看着也很健康。"

"哦，这你也看得出来？"

"看叶子的色泽就知道了。是一棵被照料得很好的好苗子呢。"

"是吗……"

昨天在银座和阿尔戈道别后，我就搜索了市内有卖糖枫树苗的地方，发现池袋的商场里有一家园艺商店，就顺路过去看看了。现在看来这家店还挺靠谱的，下次带亚丝娜去逛逛吧……我一边在心里这么想，一边开口说：

"那我先问问他能不能让我们搭出租车回去吧。现在时间也差不多了，下午1点15分在校门集合可以吗？"

"明白。话说，我已经带好行李啦。"

"咦，是吗？"

我环顾四周，发现草坪边的长椅上放着一个熟悉的书包。只

可惜我没有她那么细心，东西还放在教室里。

"……那就在校门口会合吧。"

"嗯。桐人，真的很谢谢你的礼物。"

亚丝娜用双手抱起手提袋，微笑着说。我朝她轻轻挥手，一路小跑着离开了草坪。

64

海洋资源探查研究机构——RATH就位于港区六本木一条后巷的小办公楼里。

这里原本是"RATH六本木分部",总部则设置在海洋研究母船"Ocean Turtle"上,而那个超大型浮体现在被国家封锁着,正在遥远南方的伊豆群岛海湾漂浮,所以他们就把活动重心放到这里来了。

按照约定时间下午2点30分来到办公楼一楼,用内线电话报上姓名,自动门随之开启后,我和亚丝娜就乘上电梯,来到了五楼。走廊尽头还有一道智能安全锁,要通过手机和人体认证才能打开。自动门刚刚滑开——

"桐人,亚丝娜,欢迎光临!"

眼前的人就张开双臂,以略为欢快的嗓音迎接了我们。那是一名金发碧眼的女子,穿的是白衬衫配藏青色长裙。

"爱丽丝,好久不见!"

亚丝娜边喊边蹦蹦跳跳地走上前去,和那人拥抱。接着我也举起右手,与对方碰了碰拳。

虽然我们今天早上才在Unital Ring与整合骑士爱丽丝·辛赛西斯·萨蒂道别,但像这样在现实世界里见面的机会实属难得。作为世界首个自下而上型通用人工智能,在大张旗鼓地宣布面世之后,爱丽丝就受到了众多媒体、企业和大学的关注,其存在的真伪至今仍是热门话题之一。

复杂的是,RATH是独立行政法人,是一个半官方半民间的研究机构，因而爱丽丝的所有权在法律上归国家所有，而且制订Alicization计划的菊冈诚二郎所属的防卫省、管辖海洋研究母船Ocean Turtle的文部科学省、想要推进国家下一代AI战略的总务省这三家相关的省厅都在争夺其主导权。

于是老谋深算的菊冈和神代凛子博士就利用这个情况让国家放慢脚步，顺便趁此机会掀起了关于"AI人权"的议论。他们必须让更多的人认为爱丽丝与人类非常相似，甚至认为她就是人类，因此每天都催着她去参加各种活动或派对。直到最近，她的日程安排才总算稳定下来，有了和我们一起在Unital Ring世界里冒险的余暇，不过在现实世界里，我们上次见面已经是两个星期前的事了。

"来，我们去STL室吧。"

爱丽丝说完便很有干劲地转过身去，隐约能听到气缸运转的声音。比嘉健研究主任开发的机械身体似乎每天都在进步，遗憾的是，目前仍未能做到完全看不出是机器人的程度。

而比嘉先生认为，我们人类最终也会变得与爱丽丝越发相像。在遥远的未来，人类和AI将会成为同一物种，并创造出新的生物界"科技元素"。

真想在有生之年里看到这一天啊……我带着这种想法，快步追上爱丽丝和亚丝娜。

睽违两周的神代博士一见到我和亚丝娜就为菊冈的紧急委托表达了歉意。我们原本就想再次前往Under World，所以她根本没有必要道歉。

凛子小姐等人自然也讨论过要不要委派RATH的工作人员到Under World侦查，可惜现在不仅是超级账号，就连高等级的账号都无法使用，而且他们缺乏人界的基础知识，经过一番考虑，他们最终得出了最好让我进行潜行的结论。我很感谢他们的抉择，但老实说，我也不太清楚现在的人界变成什么样了。

上次潜行时，我、亚丝娜和爱丽丝出现在宇宙空间，之后才乘上由两名自称"整合机士"的少女——史蒂卡和罗兰涅驾驶的宇宙飞船（惊！），在央都圣托利亚的机场着陆，然后藏进一种奇怪的交通工具的尾箱里，被带到罗兰涅家。尾箱没有窗户，我们根本没有机会看到圣托利亚的街景，之后和史蒂卡她们没聊多久就到结束潜行的时间了，也没能收集到多少信息。现在Under World的时间流速与现实世界相同，是以无加速方式运转的，所以下次潜行也不会出现已经过了几百年的情况，但可以的话——

"……在我们潜行的时候，能不能调回一千倍加速啊……"

被带到STL室后，我一边脱下校服外套，一边这么自言自语道。在旁边检查机器的神代博士转过身来，苦笑道：

"这句话每天都能在RATH的各个地方听到至少五遍呢。什么工作做不完想加速，没时间玩游戏想加速。"

她本人看上去也很疲惫了。我不由得认真地问道：

"其实STL就不能这样利用吗？不是用于Under World，就比如随便创建一个虚拟办公室，潜行进去再用主观时间加速功能工作之类的……"

"原理上是可行的，不过这需要具备与Ocean Turtle上的主视觉机同等的硬件才能实现，制作那样一台机器的费用都够买十台最新的主机了。"

还是别问一台主机要多少钱好了。我不禁心想，只见凛子小姐扑哧一笑，继续道：

"可是在遥远的未来……可能过个三十年、四十年，具备FLA

功能的可佩戴式装置就可以实现普及，任何人都能在加速环境中工作学习了。当然，游戏也一样。"

"三十年之后吗……"

到了2056年，我都快五十岁了，还会继续玩VRMMO吗？再说了，那时还会有MMORPG这种东西吗？

"如果能更快一点就好了。可以的话，十年之后就……"

回应凛子小姐之后，我就看到了设置在STL旁边的自动调节椅。爱丽丝已经在那里落座，正迫不及待地等着我做好准备。

"爱丽丝，桐人镇……不对，拉斯纳里奥的情况怎么样了？"

骑士大人似乎早已料到我会这么问，不慌不忙地说：

"我三十分钟前下线时还算稳定。帕尔特族人专注于种田，巴钦族人则出去打猎，逮到了一头大鹿。双方用农作物和肉做了交换，看样子相处得还不错。"

"那真是太好了。我还担心巴钦族会不会把帕特尔族吃掉呢。"

我半分认真，半分开玩笑地这么说道。爱丽丝没说什么，倒是亚丝娜在旁边那台STL旁的屏风后面有些无奈地回应了我。

"巴钦族的主食好像是植物，除非是向'神树'祈祷，不然他们不会随便狩猎动物，而且每天狩猎的数量都是一定的。"

这个声音是随着隐隐约约的衣物摩擦声传来的。我打算只脱掉外套就潜行，但亚丝娜和上次一样，换上了RATH配备的STL专用服装（RATH的人是这么说的，其实就是一件长袍睡衣）。我也问过她换装的原因，她说是不想弄皱校服。

"……你说的神树，是指基约尔平原上那棵高大的树吗？"

我躺在STL的凝胶床垫上问道，换完衣服的亚丝娜从屏风后面出现，点头道：

"没错没错，我昨晚也看到了。那两棵并立在山丘上的树看着像是猴面包树，大概有一百米高，相当壮观呢。要是在近处看到，我说不定也会祈祷。"

"哦……说起来，诗乃交给我的银币上也有两棵树的浮雕，那会不会就是亚丝娜看到的树？"

"不知道呀……我也没见过那银币……"

亚丝娜耸了耸肩膀，位于另一边的爱丽丝则说：

"不是。一百艾尔银币上刻的树和现实世界的猴面包树不太一样，真要形容的话，我觉得更像是白金橡树一类的阔叶树。"

白金橡树是Under World世界的特有品种，解释起来有些麻烦，不过我大概明白她的意思了。就是除了巴钦族以外，Unital Ring世界里还有别的文明会将两棵并立而生的树木视作神圣之物。等今晚遇到诗乃再好好问问那些银币是从哪儿得来的吧……我刚想到这里——

"好了，机器准备好了。"

刚才还在操作平板电脑的神代博士就看着我和亚丝娜说道。

"你们情况如何？"

"都准备好了！"

我作为代表回了一句，亚丝娜和爱丽丝也用力地点了点头。

"那么……现在快3点了，等到了5点，就用和上次一样的手势指令离线吧。如果没能回来，到5点10分我就会强行断线。"

"……那个，就不能到6点吗？"

凛子小姐见我有些不甘，便很干脆地摇头道：

"不行。今天潜行的目的是确认安全，在确保桐谷和明日奈能够安全连线之前，我不会同意让你们进行长时间潜行。"

"好吧……"

"至于入侵者的具体调查，就等星期六再正式开展吧。你们可以去看看圣托利亚的街景，但是，不要靠近中央大圣堂！"

神代博士郑重叮嘱了一番，转而看向爱丽丝说：

"……爱丽丝，我也知道你想去查明很多事情……可是现在还是先忍耐一段时间吧。总有一天，我会让你自由自在地前往Under World的。"

"我知道的，凛子。"

爱丽丝微笑着这么答道，在自动调节椅上闭上了眼睛。我和亚丝娜则在凝胶床垫上躺平，把脑袋放在头枕的凹陷处。

"那么，我们开始喽。"

凛子小姐在平板电脑上点击了一下，房间里的照明就变暗了。随着一阵沉重的运转声，STL的制动轮滑了过来，罩住了我的脑袋。

机器声逐渐远去时，我听到了一种不可思议的声音，像是微风吹过的声响，又像是接连涌来的海浪声。机器连接上了我的灵魂——摇光，继而脱离现实世界。

伴随着一种又轻又稳的漂浮感，我在莫名令人怀念的黑暗之中慢慢降落。

我最先看到的是一道光。

一道极小的白光发散出七彩的放射光，并渐渐扩大。完全覆盖我的视野后，仍在继续扩散。

过于刺眼的强光让我连连眨眼，这才发现自己正透过窗户看着太阳。我将视线从大拱窗上挪开，环顾四周。天花板很高，墙壁和柱子上都有精致的装饰，是一个中世纪欧洲风格的房间……不，这是圣托利亚的样式。这里是上次潜行时，罗兰涅带我们来过的亚拉贝尔家的客房。这个房间大概有三十张榻榻米那么大，屋里有一张单人沙发，我就坐在这沙发上。

接着我看向右边，发现还有一张三人座的大沙发，亚丝娜和爱丽丝就并肩坐在那上面。她们也在默默地四处张望。亚丝娜穿着以白色为基调的连衣裙和珍珠色的铠甲，这是创世神史提西亚的装扮。爱丽丝穿的则是蓝色连衣裙和金色铠甲，是整合骑士的打扮——

那我呢？我随即低头看向自己的身体。

上衣是一件衣摆很长的黑色外套，下身是同色的裤子。胸前有一个藏起扣子的大型门襟，这种样式应该是叫暗门襟吧；肩膀上有肩章，衣襟和袖口都用白底金线做了镶边，很像是高级修剑士的制服……但并不是。这套衣服是我逃脱中央大圣堂的地牢后擅自从武器库里借来的，那之后与好几名整合骑士、元老长丘德尔金以及最高祭司阿多米尼斯多雷特对战时，我也一直穿着这身衣服，所以最后应该都变得破烂不堪了，现在却找不到一丝裂缝。

"……我问你啊，爱丽丝。当时这套衣服最后变成什么样子了？"

"什么？"

只见爱丽丝连眨了几下眼睛，皱起眉头说：

"我想想……把你从中央大圣堂带到卢利特村时，我把衣服塞进了行李里，然后赛鲁卡教我做针线活，我就边学边把衣服给补好了。再之后应该就是在加入人界守卫军的时候让你穿上……后面的情况就不清楚了。"

"嗯嗯……不过这衣服上没有缝补的痕迹啊……"

"桐人，现在没必要追究这种事吧？"

爱丽丝无奈地说完之后还张了张嘴，想重复自己几秒前说过的话，却突然站起身来，身上的铠甲也跟着"咣"了一声。

"……赛鲁卡！"

她喊出妹妹的名字，快步横穿房间，跑向南边的拱窗，把双手抵在玻璃窗上，就那样呆在了原地。

我和亚丝娜对视了一眼，同时从沙发上起身，走到爱丽丝身边，看到了刚才因阳光反射而看不到的景色。

在街道的另一边，有一座白色巨塔贯穿了傍晚的天空——那是伫立在人界四帝国中心的公理教会中央大圣堂。

我心里顿时盈满了终于回到Under World的实感，忍不住用力地吸了一口气，下意识地挪动两手，确认腰部两侧的重量。

左腰上是坚实刚毅的黑色长剑——"夜空之剑"。

右腰上是线条优美的白色长剑——"蓝蔷薇之剑"。

接着我将握着"蓝蔷薇之剑"剑鞘的右手往上挪去，默默地来回抚摸雕刻在剑锷上的小小蔷薇，想看看会有些什么感觉，但指尖的皮肤只传来了冰凉的坚硬感触。这把剑以前的……不，它真正的主人是一个长着一头亚麻色发丝的年轻人，剑上自然不会再残留着他的体温。

我继续挪动指尖，稍稍用力握住细长的剑柄，本想拔剑出鞘，右手却怎么也动不了。

在与阿多米尼斯多雷特的战斗中，蓝蔷薇之剑与尤吉欧融为一体，化作一把巨大的剑，与最高祭司的轻剑抗衡，最终被拦腰斩断。在异界战争的最后阶段，我从昏睡中醒来，用心意力修复了这把剑，但不能确定它现在是还维持着完整形态，还是又变回破损的模样了。Under World里的心意力是一种可以用想象力覆盖现象的非常规能力，其效果原则上是无法永远持续的。

我唯一的挚友……尤吉欧已经从这个世界上消失了，我必须接受这个事实。

可是，爱丽丝最疼爱的妹妹赛鲁卡·滋贝鲁库就不一样了。

虽然我自己不记得，但听说我8月1日在现实世界苏醒之后，就立刻对爱丽丝说了一句：

"你的妹妹赛鲁卡选择了进入Deep Freeze状态等你回去。她正睡在中央大圣堂第八十层的那个丘陵上。"

假如那些话是真的，赛鲁卡就应该一直待在我们现在所看见的白塔里，等着爱丽丝归来才对。而据史蒂卡和罗兰涅所说，现在是星界历——这似乎只是人界历的另一个说法——582年，而异界战争是在人界历380年爆发的，距今已经两百多年了。这么多年过去，管理中央大圣堂的人会对处于石像状态的赛鲁卡置之不理吗？

听罗兰涅她们说，现在统治Under World的不是公理教会，而是一个叫"星界统一会议"的行政机关。对于这个名称，我隐约有些印象。

打败暗黑神贝库达，即加百列·米勒后，我和亚丝娜随人界守卫军一起回到了圣托利亚，顺理成章地协助整合骑士们收拾残局去了。当时确实讨论过要组建一个临时的统治组织，可我记得那个组织的名字是……"人界统一会议"。

"我说，亚丝娜……"

我想确认一下亚丝娜是否也有同样的记忆，便回过头去看她，结果吓了一跳，直接僵在了原地。

亚丝娜茫然地看着我，她身后的房门微微敞开着，有一个小小的人影正透过那条门缝偷窥我们。

爱丽丝和亚丝娜也马上发现了，我们三人的视线让那个人影"咻"地一下缩了回去，亚丝娜赶紧出声喊道：

"等，等一下！我们不是什么可疑人物啊！"

不不不，人家觉得我们可疑也是理所当然的吧。如果那人是住在这栋房子里的，我们几个就这么突然出现在房间里，也只能算是非法侵入了。

或许真该说亚丝娜生性和善，几秒过去，那个人影又出现在门缝里了。我们耐心地等了一会儿，那人才怯生生地走进房间。

那是一个年约八九岁的男孩，穿着白色的衬衫和黑色的天鹅绒五分裤，一头黑发修剪得很整齐，一看就知道是好人家的小少爷……看那轮廓分明的五官和发色，他应该是罗兰涅的弟弟吧。

男孩依次看了看我、亚丝娜和爱丽丝，快速地点头行了一礼，以意外明朗的嗓音说：

"我听姐姐罗兰涅提起过各位。我是费尔希·亚拉贝尔，初次见面。"

明明刚才差点就逃跑了，打起招呼来还挺像样的嘛……我在心里这么感叹着，才发现男孩纤细的双腿在微微发抖。

也难怪他会害怕。不知道罗兰涅具体和他说了些什么，但我们毕竟是从过去的人界穿越时空出现的，与其说是非法入侵者，倒更像是幽灵才对。不过这位自称费尔希的少年将两手紧握成拳，硬是挺直了背脊。

那位曾在修剑学院担任我的侍从，同样姓亚拉贝尔的女孩也是如此——平时看着很怯弱，到了关键时刻却会展现出惊人的勇气。在异界战争中，她以一介学生的身份加入了人界守卫军，一直守护着丧失了心神的我。

罗兰涅和费尔希估计是她——罗妮耶的亲属，兴许就是她的直系子孙了，而罗兰涅的同僚史蒂卡·修特利尼是罗妮耶的好友——蒂洁的子孙。

是的，罗妮耶和蒂洁已经不存在于星界历582年的Under World了。不止她们俩，索尔狄丽娜学姐、阿兹莉卡老师、卡利塔老爷子、萨多雷老板……那些曾经帮助过我的人都已经回到摇光的根源了。

要是换算成现实时间，我离线的时长也不过是一个多月——

一阵刺痛袭向我的心，让我彻底僵住，而亚丝娜慢慢地朝费尔希走近，男孩被吓得抖了抖身子，于是亚丝娜又拉开两米距离，配合对方视线的高度半蹲着说：

"初次见面，费尔希弟弟。我是亚丝娜，那个穿黑衣服的是桐人，那边一身金色的是爱丽丝。请多指教哦。"

"……"

费尔希朝我投来目光，但仅停留了半秒就向爱丽丝看去，灰中带蓝的眼睛随即睁得老大。

"……爱丽丝……大人……"

男孩低喃着，脸上浮现出浓厚的畏惧和崇敬之情。即使过了两百年，整合骑士爱丽丝·辛赛西斯·萨蒂的威名在人界似乎依然响亮。听罗兰涅说，我和亚丝娜直到三十年前都还肩负着"星王"和"星王妃"这两个听起来很夸张的职务，而费尔希的知识里似乎没有我们两人的名字，我自己对这个名号也只信了三成。

"您是……真人吗？是那位经常出现在历史课本和各种故事里的'金桂骑士'爱丽丝大人吗？"

被他这么一问，爱丽丝面露难色地回答道：

"虽然不知道你要根据什么判断真假……不过，我确实是爱丽丝·辛赛西斯·萨蒂，这就是'金桂之剑'。"

爱丽丝敲了敲左腰上的长剑，费尔希的表情就瞬间明亮了起来。看来Under World和现实世界一样，这个年纪的男孩都很喜欢武器。

"金桂之剑！太牛……不对，太厉害了！这是真正的古代神器吧……据说一剑就可以掀翻整座山，还能平息暴风雨……"

"……"

这些话让爱丽丝绷紧了脸。我自己也亲身体验过金桂之剑的武装完全支配术的强大威力，可是在这两百年里似乎被传得太夸张了一些。

在忍住笑话骑士大人的冲动的同时，我也感到伤感被冲淡了一些，便轻声呼气，向男孩问道：

"对了，费尔希。你刚刚提到真正的神器……难道这个时代没有神器吗？"

闻言，费尔希带着再次变得僵硬的表情答道：

"是的。我听说整合骑士团……不是姐姐现在隶属的宇宙军机士团，而是骑着活生生的飞龙的骑士团。而这个整合骑士团被封印时，现存的所有神器也被封印了。"

"封印？"

我、爱丽丝、亚丝娜不禁面面相觑。

一个多月前，我们曾在这个房间听史蒂卡和罗兰涅介绍过现在的Under World，可惜当时时间有限，她们两人还提了各种问题，最后我们只来得及粗略了解当下最新的世界局势和政治体制，几乎不知道这两百年间都发生了什么事情，而"封印"这个词听起来有那么一点不妙。

"费尔希，之前的骑士团是什么时候被封印的？"

爱丽丝的提问让男孩脸上泛起了些许红晕，他答道：

"嗯，我听说是在人界历换成星界历不久之后……大概是一百年前吧。"

"一百年……"

爱丽丝低喃了一句，再次远眺窗外的中央大圣堂。

如今的Under World的时间流速是与现实世界完全同步的，所以现在也是下午3点多，可季节似乎错开了——估计是因为Under

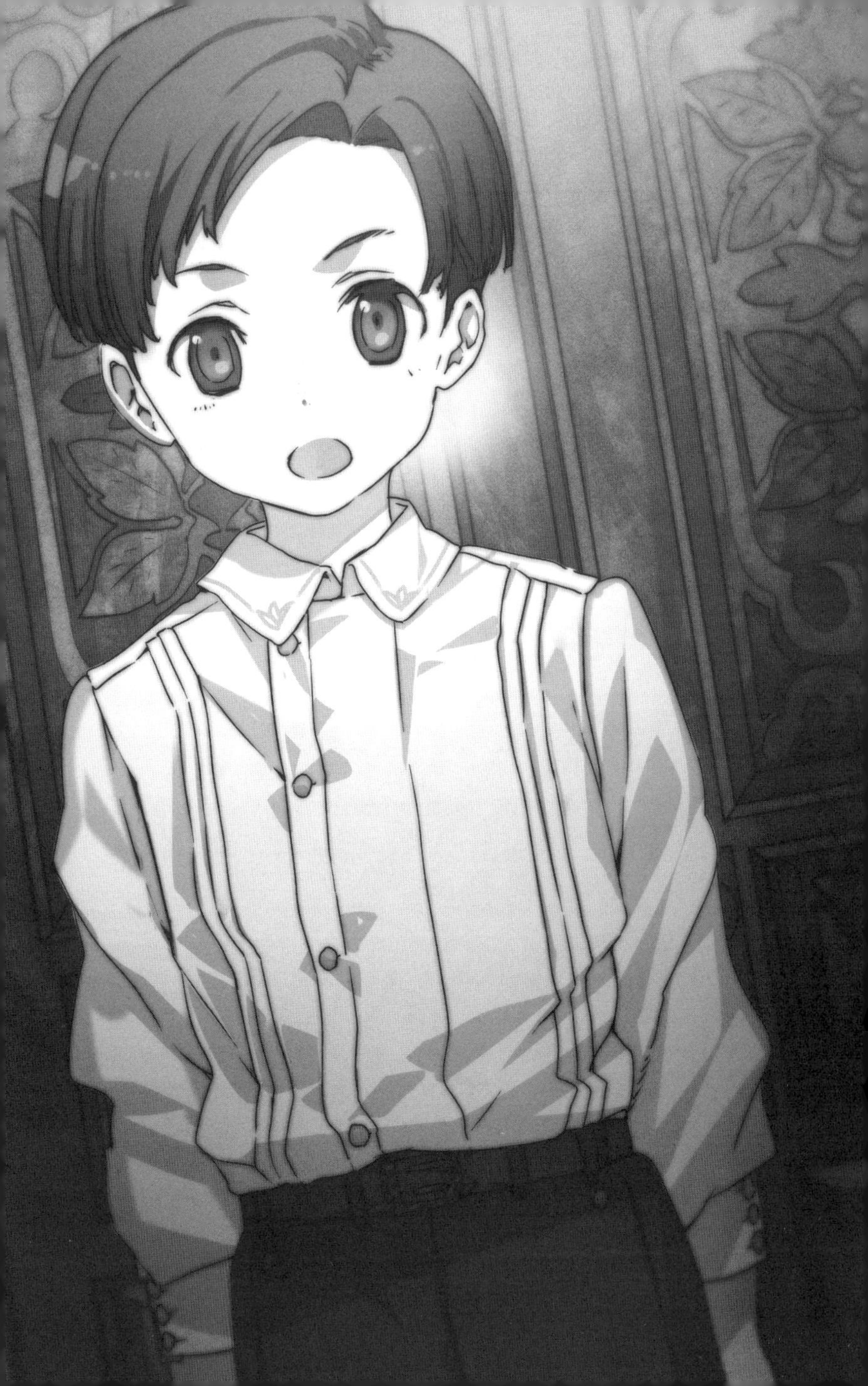

World的历法是一个月三十天，一年只有三百六十天吧——天空已经开始染上晚霞的颜色，房间里的空气也带上了些许凉意。

见衣服最薄的亚丝娜微微发抖，费尔希便说：

"啊……这个房间很冷吧。我马上开暖器。"

暖、暖器？我刚冒出疑问，就看见男孩走向房门附近的墙壁，墙上有两根并排的拉杆，他拉下其中一根，临近地板的墙面上的五六条横缝就传出"咣当"一声，接着就是一阵低沉的震动声。没过多久，一股暖和的空气从我们脚边流过，效率比现实世界里的空调高多了。

"这……这是怎么运作的？"

听到爱丽丝这么问，费尔希一下子愣住了，随后才一路小跑回来说：

"对哦，爱丽丝大人那个年代没有冷温机啊。"

"冷……冷温机？"

"是的。就是在房子地下设置一个装有永久热素、永久冻素和永久风素的密封罐和控制盘，以此给整栋房子提供冷、暖气还有冷、热水。"

"密封罐？！"

不仅是爱丽丝，我也叫出声来了。且不论冻素，把热素密封在一个结实的容器里是非常危险的行为，搞不好就会出现热量失控的状况，甚至引发大爆炸。

罗兰涅她们驾驶的机龙恐怕也是利用同样的装置飞上天的吧。到底是什么人开发了这么危险的东西呢……

我和爱丽丝都因震惊而说不出话，旁边的亚丝娜却直率地发表了意见：

"哦……居然做成了这么厉害的装置。其他房子里也有吗？"

"是的，最近不仅是贵族，平民的住宅里也有同样的设备了。可是……"

费尔希稚嫩的脸上多了一丝老成的担忧，继续说：

"大概从三年前开始，不仅是圣托利亚市，很多大城市都出现了空间力供给不足的问题——不仅是住宅和商店，工厂和公共设施，甚至是在街上到处走的机车和连机车都在使用密封罐。"

"……机车和连机车？"

我又和爱丽丝对视了一眼。上次我们是直接从机场被带到亚拉贝尔家的，当时乘坐的是一种不需要马却很像马车的交通工具。那应该就是机车了吧。热素正是八种素因中最耗费空间神圣力的一种，因此如果大都市圈的人肆无忌惮地使用热素，就很容易导致资源枯竭。

真没想到Under World也会有资源枯竭的问题啊……我发出一声叹息，听着空调装置里传出的微弱轰鸣声，才发现根本听不到其他人的声音。

"费尔希，罗兰涅和你家其他人都出门了吗？"

即便省略了"弟弟"这个称呼，男孩似乎也不怎么介意，只是点头道：

"是的。姐姐正在宇宙军基地上班，妈妈也是，爸爸则在北圣托利亚行政府工作……啊，不过……"

费尔希打开房门，用力拍了两下手掌。不一会儿，走廊就传来了"嗒嗒嗒"的声音。几秒过后，一个灰色巨物冲进客房，我、亚丝娜和爱丽丝都吓得上半身往后一仰。

一开始还以为那是羊，实际上却是狗，而且是在现实世界里不曾见过的品种。若要用一句话形容，就是一只长着蓬松鬈毛的阿富汗猎犬。它的脸型修长漂亮，两只耳朵旁边的毛发是一卷一卷的，让人联想到中世纪的欧洲贵族。要说长得像哪个特定的人物……我稍微想了一下，发现它和小学音乐教室里挂着的约翰·塞巴斯蒂安·巴赫肖像画有几分相像。

这只灰色的大型犬来到费尔希身边，两只前脚一搭就坐下了，接着就用圆溜溜的眼睛看着我们。费尔希一边摸着它的脖颈，一边说道：

"它叫贝尔，是生于威斯达拉斯的布鲁赫鬈毛犬。虽说它年纪比我大，但它是我最好的朋友。"

鬈毛犬好像能理解这些话的意思，"汪！"了一声。转眼就看到亚丝娜在胸前紧握双手喊道：

"哇啊……这只狗狗好大呀！我可以摸摸它吗？"

"请……请吧。"

费尔希才刚说完，亚丝娜就迈开脚步走了上去。为了不吓到鬈毛犬，她特地压低身子从旁边靠近，和它转到同一个方向之后才蹲下身，声色温和地说：

"你好呀，贝尔。我是亚丝娜哦。"

"汪呜。"

这声回应里似乎没有敌意，于是亚丝娜先让贝尔仔细地闻了闻自己手上的气味，又轻轻挠了挠它右耳后方的位置。鬈毛犬看上去很舒服，她便逐渐加大动作。

"……亚丝娜真的很喜欢狗呢。"

我身旁的爱丽丝轻声说道，我也回以点头。

"我以为她只喜欢小狗，原来大型犬也没问题啊。"

"我真好奇她见到犬型神兽的时候会有什么反应。"

"咦……Under World有这种东西吗？"

"那是很久之前的事了。先不说这些……"

爱丽丝进一步压低声音，说出一件让人意想不到的事：

"你不觉得有些奇怪吗？姐姐和父母都去上班了，就说明今天不是休息日，但这个年纪的孩子为什么没有去上学呢？"

"咦？会不会是已经放学回家了？"

"现在才3点15分啊。"

听爱丽丝说完，我顺着她的视线望去，发现墙壁上挂着一个设计简约的机械钟。在我以前潜行的Under World里，所有城镇和村子都设置了"时楼"，每逢整点和半点都会奏响音乐，人们就以此来判断时间。当时我就经常想"要是有钟表就好了"，看来这两百年间终于有人发明了钟表。

总而言之，钟上的金色时针所指的时刻确实是3点15分。虽然不太清楚这个世界的小学是几点放学，不过听到爱丽丝说有点早，我也这么觉得了。

"……爱丽丝，你直接问他吧。"

"……你去问不行吗？"

"是你先提出这个疑点的。"

"我只是说有点奇怪。"

就在我和骑士大人争论这个毫无实际意义的问题时——

"话说费尔希弟弟，你是已经放学了吗？"

亚丝娜用双手抚摸着贝尔的脖颈，直截了当地这么问道。听到这个声音，我和爱丽丝同时看了过去。

费尔希一下子瞪大了灰蓝色的眼睛，接着又低下头去。亚丝娜的表情和气息没有任何变化，一直静静地等着男孩的回答。这种不用语言，也不用动作，仅凭存在感就包容一切，仿佛温柔地将人包裹起来的气场正是亚丝娜的真本事。

只见费尔希微微抬起低垂的脑袋，看向亚丝娜。贝尔伸长了脖子，轻轻地舔了舔主人的手。男孩貌似从中获得了勇气，说：

"其实……我已经有三个月没上学了。"

继环境问题之后，居然还有教育问题？我不禁在心里想道，但总不能拿来说笑。不管是在现实世界还是Under World，这个年纪的孩子没去上学都无疑是一个严重的问题。

亚丝娜露出淡淡的微笑，点了一下头后又问道：

"是吗？那费尔希弟弟，你读几年级？"

"……北圣托利亚幼年学校初等部的三年级。"

和我预想的一样，他只有八九岁，就算说话方式略显成熟，内在还是与年纪相符的稚嫩。这样的孩子居然三个月没去学校了，看罗兰涅的样子应该也不是家里出了什么问题，这么说还是校园欺凌导致的喽？两百年前，那些讨人厌的上级贵族也曾百般刁难我和尤吉欧，难道这个年代还有人做这种事？

我打定主意，还是先等男孩的下文，再考虑要不要冲进幼年学校把那些欺负人的孩子打一顿好了。

费尔希摸了贝尔的脖颈好一会儿，先是看看一直保持沉默的亚丝娜，再看看站在窗边的爱丽丝才开口说话。他的声音里似乎藏着深深的懊恼。

"我没去学校是因为……剑太差了。"

听罢，我连眨了好几下眼睛，没能立刻理解他所说的"剑"是什么意思。亚丝娜和爱丽丝好像也很困惑，接着亚丝娜碰了碰左腰上的细剑——我记得这个GM装备的专有名称是"闪耀星光"——向男孩确认道：

"你说的剑……是指这个？幼年学校就能用剑了吗？"

结果这回轮到费尔希满脸讶异地说：

"当然了，剑术是体育课上最重要的课题。想要进入圣托利亚修剑学院的学生都必须在剑术上取得好成绩。"

我狠狠地倒抽了一口气,朝费尔希走近一步,问道:

"整合骑士团都没了,修剑学院还在?!是在五区的森林里吗?!"

看到我这样,脸上还有些许畏惧的少年也惊讶地说:

"您是……桐人先生吧?听姐姐说您是异界的人,您也知道修剑学院吗?"

上次潜行时,我向史蒂卡和罗兰涅强调过,我并不是什么大人物"星王",只是一个普通的异界人,因此她也对弟弟这么说了。虽说很好奇费尔希对异界了解多少,不过我决定之后再来追究这个问题,并微微挺起胸膛说:

"当然知道了。我可是那所学院的毕业生啊。"

话一出口,我就大感不妙——事实上,我和尤吉欧在刚成为上级修剑士那年的5月就因违反《禁忌目录》而中途退学,离开了学院。幸好现场没有人知道这件事……

"咳咳。"

爱丽丝很刻意地咳了一声,让我再次暗自喊了一声"这下糟了……"并缩起了脖子。我和尤吉欧退学之后,前来逮捕我们的整合骑士不正是爱丽丝·辛赛西斯·萨蒂吗?可我好不容易才提高了费尔希对我的信赖度,万一现在改口肯定又会急速下降,我只好佯装不知地无视了她。

好在费尔希没有发现我和爱丽丝之间的交流,眉飞色舞地嚷嚷道:

"咦,毕业生?!您明明是异界人,是怎么入学的呢?!"

"在萨卡里亚拿到推荐书,然后通过入学测试进去的。我不擅长神圣术,所以第一年吃了不少苦头,但第二年就晋升到上级修剑士中的第六名了。"

这话可不假。既然修剑学院至今依然存在，那么即使过了两百年也应该能找到我们的学籍记录才对。当时我是第六名，尤吉欧是第五名。

费尔希听了我的风光往事，在胸前攥紧了小小的双手，身体直哆嗦地说：

"上级修剑士中的第六名?!好厉害……真不愧是爱丽丝大人的随从呀！"

"没有啦，我也没那么厉害……嗯，嗯嗯？"

他的后半句话让我惊愕不已，看到我这个模样，亚丝娜和爱丽丝同时"扑哧"一声笑了出来。

罗兰涅对弟弟说的似乎是"异界人桐人是整合骑士爱丽丝的随从"。可仔细一想，这也是无可奈何的。如果星王和星王妃没有回归，那他们为什么会出现在Under World里呢？当时被罗兰涅她们这么一追问，我迫不得已地回答了是在给爱丽丝当护卫。就算"护卫"这个词不知何时被替换成了"随从"，这件事的责任也不在罗兰涅身上，而在于我。我也只好心甘情愿地接受"爱丽丝的臣下"这个身份，对费尔希说：

"要进入修剑学院，剑术的本事是必不可少的，但你还只是初等部三年级吧？要从中等部毕业了才能参加入学考试，你还有六年时间呢，在这几年里肯定会有所长进的，没必要现在就这么钻牛角尖想不开啊。"

听到我的话，费尔希停下抚摸爱犬的手，带着几分与年龄不符的忧郁笑容摇了摇头。

"……我姐姐和父母也说过同样的话。可是，我已经被剑和大地之神提拉利亚抛弃了。"

"……咦？"

我倍感疑惑，与爱丽丝交换了一个眼神。两百年前，提拉利亚是掌管大地恩泽的女神，应该和剑没有什么关系。还有，被神抛弃又是什么意思呢？

费尔希抬头看了看困惑的我们，又将视线落在离开爱犬脖颈的纤细右手上。

"……自三年前拿起剑以来，我就没有一次能成功发动秘奥义。和同年级的学生一样握着木剑，一样摆出姿势，却连基本技能'雷闪斩'都使不出来。父母很担心，为我请了私人教师，可老师只教了一个星期就放弃了。"

他握紧右手，像是从喉咙深处挤出声音似的继续说：

"每次在剑术课上出丑，我都在玷污亚拉贝尔家的名誉。罗妮耶·亚拉贝尔·萨蒂斯利在两百年前的四帝国之乱中立下赫赫战功，年仅十七岁便就任整合骑士，而我却在给她的名字抹黑。"

一听到这个名字，我就感受到了一股有如闪电落在大脑中心般的冲击，有些喘不上气。

罗妮耶……那个在我身边担任侍从练士、娇小又温柔的女孩竟然当上了整合骑士？我也没有听说过"四帝国之乱"这个词，难道在异界战争结束后，Under World又发生战乱了？

打败暗黑神贝库达之后的记忆几乎一片空白，让我再次感到焦虑。在比现实世界快五百万倍的"极限加速状态"下，我和亚丝娜应该在Under World度过了将近两百年的时间，却不知道这个世界在此期间发生了什么事，也不知道我们做了什么。

我记忆中的最后一个画面是在东之大门旧址与"暗黑帝国"进行和谈，却不知为何和暗黑界军的总司令伊斯卡恩互殴了起来。还记得当时双颊肿胀的伊斯卡恩对我说了一句"你确实比我强"，所以和谈应该是成功了，然而记忆到这里就完全中断了。

对了……仔细想想，我和亚丝娜从Under World下线仅过了三分钟，时间加速就停止了，因此我们大致是距今三十年前才从这个世界里消失的。不算是最近，却也不是很久远。称王一事估计是哪里出了差错，可我也不觉得自己会一直隐居在深山里，应该还有不少与我们有过直接交流的人在世才对。

要找到这些人并不容易，但也总不能在圣托利亚市里不分场合地到处问人："你认识我吗？"这次潜行的根本目的是查明入侵Under World的人是谁及此人有何企图，要是引人注目就本末倒置了。

本来还想多了解一些罗妮耶和蒂洁的情况，我却压住这份渴望，对费尔希说：

"你说没法发动秘奥义，是指无法完整使出技能吗？还是特效光……不是，就连彩光都没出现？"

"……没有彩光。不管我挥了几次剑，都没有光和声音。"

"唔唔……"

不仅是我，亚丝娜和爱丽丝也微微歪起了脑袋。

发动秘奥义，即发动剑技确实有几个窍门，可就算是VRMMO新手，练习个二三十分钟也能轻松掌握了。关键是在指定的位置和角度将剑稳住，只要习惯了，即便是在跳跃期间，甚至是倒立着也能发动剑技。他练习了三年却没能成功发动过一次，这种事情有可能发生吗？

"……呃，费尔希，我不勉强你，但能不能在我们面前试一次？"

结果少年绷直瘦小的身体，顺势垂下了脑袋。半晌才有一道沙哑的声音传来：

"……对不起……能让骑士大人和她的随从看看技术，我倍感光荣，可是我的木剑已经收进道具屋最里面的箱子里了，很难拿出来……"

此话不假，但估计也是他给自己的一个借口。假如现在退缩，原本就积压在男孩内心的无力感和劣等感就会进一步扩大。

我差点就想说一句"我的剑借给你用吧"，但还是忍住了。右腰上的蓝蔷薇之剑和左腰上的夜空之剑都是优先度高于40的神器级武器，爱丽丝的金桂之剑和亚丝娜的闪耀星光也一样，这个年仅九岁的男孩根本拿不起来。道具栏里有没有合适的……想到这里，我才想起Under World里不存在这种东西。现在我的所有物只有两把剑、小腰包和口袋里的小型物品。

那么……

我环顾这间宽敞的客房，最后将目光停留在桌上摆着的银烛台那儿。那大概只是一个室内装饰品，烛台的针并没有插上蜡烛。

接着我走上前去，拿起烛台，亚丝娜呆住了，爱丽丝则露出了仿佛在说"该不会是……"的表情，而在她开口之前，我就集中起了精神。原本乖乖坐着的贝尔似乎感应到了什么，"汪"地叫了一声，可被费尔希摸了摸脑袋后就变老实了。

烛台突然发出光芒，开始流畅地变形。三根烛台臂融为一根，化作短小的刀刃，原本宽平的台座也开始收窄，变成细长的剑柄。

不到五秒，烛台就变成一把大小正适合给小孩子使用的小剑了。我轻轻地上下挥动，试了试平衡感，只见爱丽丝不客气地快步靠近——

"你这人就会得意忘形！要我说几次才明白，不要什么东西都靠心意解决！"

我傻笑一声，缩起脖子，朝亚丝娜投去求助的眼神。可这位创世神大人只是微微耸了耸肩膀，我只好靠自己的力量争辩道：

"我，我才没有！这不也没其他办法嘛……而且刚才只是改变了形状，又没有改变它的材质……"

"不是这个问题！"

其实我也知道。老实说，我还有一个目的，就是试试自己还能不能使出与贝库达一战时的心意力。力量似乎并没有衰退，但要是习惯了，回到Unital Ring时估计只会愈发焦躁。

"抱歉抱歉，以后我会控制的。不过你看，我做得还不错吧？"

我给爱丽丝展示了一下临时做的小剑，转身面向费尔希。

男孩那双灰蓝色的眼睛睁得快要掉出来了，张得大大的嘴巴也说不出任何话来。过了一会儿，他才以发颤的声音说：

"……桐，桐人先生……刚才那是心意力吗？传说那是很久以前的整合骑士开创的秘术，现在也只传授给最高级的机士……可是，桐人先生只是一个随从……"

"咦……原来心意还有这种说法？"

两百年前，先不说整合骑士，修剑学院的学生也是想用就能用……可是改变物质形状的心意力好像只有爱丽丝这种级别的整合骑士才会用，现在只能先敷衍过去了。

"这个嘛，你看，我在随从里算是比较像骑士的。"

"……确实，你也有两把剑……"

"对对对。先不说这个了，你拿着试试。"

我朝费尔希走近，捏着剑尖把银制小剑递了出去。

男孩犹豫了好一会儿才下定决心，抬起右手用力地握住了剑柄。他学着我刚才的动作，拿着剑上下挥动了两三下，兴奋地抬起头来说：

"总觉得……这把剑非常好使呢。明明比木剑重了很多，可为什么……"

"因为我把重心往剑柄这边调整了啊。重心靠前确实可以提升攻击的威力，但那样就不好拿稳了。"

"原来是这么回事……"

费尔希一直盯着右手的剑，深吸一口气说：

"那么……我试一下'雷闪斩'吧。"

"咦，在这里试没问题吗？"

"雷闪斩"的攻击范围还挺广的，若在室内使用，很可能会破坏家具或墙壁。费尔希看到我有些顾虑便点头道：

"就算发动成功，我也会马上停下来的。"

"这样啊……"

男孩藏在话间的消极想法有些让人在意，但我还是只应了一声就退回南面的窗边了。原本在房门附近的亚丝娜也小跑着来到爱丽丝身边。

和贝尔拉开足够的距离之后，费尔希就在靠近走廊的墙边摆好了架势。

他先平举小剑，右脚微微后退一步，然后把右手的剑高举过头，手腕基本保持不动，剑身的角度大约是四十五度。发动二连击剑技"垂直弧形斩"时的剑身几乎呈水平状，四连击剑技"垂直四方斩"则是倒插四十五度左右，而这正是"垂直斩"的正确姿势。

"姿势摆对了。"亚丝娜说。

"还挺标准的。"爱丽丝低语道。

正如她们所说，费尔希的架势很完美。剑的位置、角度，乃至手势都无可挑剔，却没有出现蓝色彩光和高亢的震动声。

"为什么？"

我嘀咕着，下意识地从左腰上拔出了夜空之剑，并一边体会那令人怀念的手感,一边将剑举到了右肩上方。从SAO时期算起,我已经发动了不知是几千还是几万次"垂直斩",摆出这一招的发动姿势后,就可以听到一阵很熟悉的"嗡嗡"声,同时剑身也散发出了清澈的蓝光。

费尔希往我这边瞥了一眼,脸上浮现出掺杂着绝望的神情,无力地放下了小剑。我也赶紧停下动作,把剑收回剑鞘,但还是被亚丝娜和爱丽丝瞪了一眼。

"不,不是啦,我只是想确认一下……"

我含糊地解释着,朝费尔希走近。男孩依然低垂着脑袋,我蹲下身子对他说:

"你的姿势非常完美。不过这话估计也安慰不了你……"

"不……能听到桐人先生这么说,我就很开心了。"

他带着僵硬的笑容这么回道,接着把目光落在右手的剑上,继续说:

"……那么,我发动不了秘奥义的原因不在我自己身上是吗?"

"嗯……我是这么想的,估计是某种外来因素的影响,至于是哪种嘛……现在也没法马上弄清楚……"

其实我很想就这么陪着费尔希去查明这个"外来因素"到底是什么,但那是不可能的。神代博士只给了我们两个小时,现在已经过去了四十分钟。

这个年纪不大,性格却十分成熟的男孩似乎强行把情感压了下去,露出笑容说:

"能知道原因不在自己身上,我就很感激了。这么一来……我也不必哀叹自己被神抛弃的不幸了吧。"

"……"

我没有立刻点头回应,而是轻轻咬住了嘴唇。

Under World不存在神明，创世三女神，即史提西亚、索鲁斯和提拉利亚是最高祭司阿多米尼斯多雷特为了确立公理教会的权威，挪用超级账号的名字胡乱编造出来的，所以妨碍费尔希发动秘奥义的并不是神明的一时任性，而是另一种更为具体的力量。

然而对现在的费尔希来说，除了这么想以外也没有其他方式去接受这个事实了吧。

"这个……谢谢你。"

见费尔希用双手递出银制小剑，我说：

"这剑你拿着吧。"

"咦……可是……"

"你不是觉得这把剑拿着顺手吗？也不用刻意做什么训练，每天有空的时候挥一挥就行了。"

"……"

看到费尔希越发犹豫，我身后的爱丽丝也出声说：

"你就拿着吧，说不定会有什么转变。再说了，那原本就是亚拉贝尔家的烛台啊。"

这话倒也没错。就在我冒出这个想法时——

"桐人，顺便做个剑鞘给他吧？"

被亚丝娜这么一说，我便起身道：

"咦咦？可是又没有素材……"

"素材就请用这个吧。"

说着，费尔希就递出了一张原本铺在烛台下的厚实皮革垫子。要是他继续让我改变各种东西的形状，这间客房里的小物件就会越来越少，但烛台都不见了，垫子还留着也确实不是很自然。而且这个稚嫩的少年正两眼放光，与十秒前的他判若两人，让人难以拒绝。

"那，那么……"

我接过垫子，看了费尔希左手拿着的小剑一眼便开始集中精神。长方形的垫子发出一圈白光，像活物一般改变了形态——先是卷得又细又长，压得扁平，然后让其中一头变尖……待白光消失后，我手上就出现了一个红褐色的皮革剑鞘。

"给。"

费尔希百感交集地接过我递出去的东西，轻轻地把小剑收了进去。

"……好厉害，尺寸刚刚好！"

"还好啦，就是照着做的嘛。"

"心意力居然还能做这种事……"

"我只是一名随从，骑士大人的心意会更加厉害哦。"

话音刚落，爱丽丝就狠狠地给我的背脊来了一记肘击。我差点想大叫一声"好痛"，好不容易才忍了下来。

亚丝娜无奈地看了看我们，撑着膝盖弯下身子说：

"我问你哦，费尔希弟弟。如果你方便，能不能带我们到街上走走？"

"咦……"

感到疑惑的不只是男孩，我也条件反射地皱起了眉头，不过转念一想，这说不定是个好主意。

要想调查入侵者就必须走上圣托利亚市的街道，可是现在的街景和两百年前相比应该改变了不少，与其我们三人左右不分地乱转，有人带路反倒还能安心一些。

费尔希把小剑挂到左腰上，陷入沉思。没过多久就用力地点头道：

"我方便呀。父母禁止我一个人外出，但和大家在一起的话应该就没问题了。只不过……"

他抬头依次看了看亚丝娜和爱丽丝，像被光刺到睁不开眼睛似的又加了一句：

"……爱丽丝大人和亚丝娜大人的装扮可能太引人注目了。最近就连王宫的近卫兵都不会穿全套铠甲。"

"是吗？嗯……那该怎么办呢？"

亚丝娜低喃了一句便和爱丽丝小声讨论了起来。我倒是对另一件事有些在意。

"王……王宫？是指皇帝的城堡吗？"

这回轮到费尔希惊讶地眨了眨眼，说：

"皇帝？不，四大帝国的王室在两百年前的'四帝国之乱'就被废除了，一区的城堡成了北圣托利亚的行政府。'王宫'指的是中央大圣堂。"

"咦……现在管理人界的不是星界统一会议吗？难道他们之上还有国王？"

"很久之前是有的。他不仅管理着人界，也管理着卡尔迪纳和阿多米纳双子星，所以人们称他为'星王'……"

又是星王……我这么想着，看向爱丽丝和亚丝娜。她们都露出了疑惑的神情，我脸上估计也和她们一样。

虽然不知道罗兰涅和史蒂卡为什么会认定我和亚丝娜就是星王和星王妃，但我越想越觉得，自己根本不可能担得起那样的职位。可回头想想，我记忆中的最后一个画面是我作为人界代表与暗黑界的伊斯卡恩总司令会晤的场景，当时讨论应该告一段落，敲定把代表一职移交给某个整合骑士了才对。难道是最后没有谈拢，我只好留任，最后甚至当上了国王？亚丝娜成了王妃？

"不不不不……"

我嘀咕了一会儿，又打定主意向少年问道：

"那位星王叫什么名字？"

刚才费尔希听到我的名字时并没有什么特别的反应，就说明星王的名字应该不是"桐人"，但假如那个名字与我有某种关联，又该怎么办呢……我紧张地等待着少年的答案。

"没有留传下来。"

费尔希答道。

"啊？"

"各种史书和传说都抹消了星王和星王妃的名字，据说这么做是为了……防止他们死后有人冒充亲属或子孙，引发混乱……"

"……"

我又和亚丝娜、爱丽丝对视了一眼。我不认为执政者的名字能彻底从历史中抹消，现实世界的古代埃及和巴比伦王朝倒是有一些无名的国王，可那是几千年前的事了，而Under World的星王在几十年前应该还统治着这个世界才对。

然而继续揪着九岁的费尔希不放也未免太残忍了，因此我决定先把星王的事放到一边，回到原来的话题。

"这样啊……就是说她们的铠甲只能先存放在你家喽？"

"……铠甲放着倒也无所谓……"

爱丽丝说着，用左手碰了碰金桂之剑。

"……剑要怎么办？我不想放开这把剑。"

"啊，我也是……"

见我们面露难色，费尔希微笑着说：

"剑带着也无妨。别说是贵族，普通民众随身带剑也不是很稀奇的事。"

"哦哦……"

据罗兰涅所说，一等到六等的爵士等级早在两百年前就废除了，贵族制度却还留着。我也无法判断这对Under World来说到底是好事还是坏事。

不过现在我就利用这个制度，继续将两把剑挂在腰带上好了。明明能飞上太空的飞机都发明出来了，人们却还在用剑而不是枪，这实在有些不协调。仔细一想，或许是因为Under World有神圣术，枪械技术才一直得不到发展吧。

在费尔希的提议下，亚丝娜和爱丽丝把脱下的铠甲藏进客房角落的贮藏柜里，又借了两件可以披在外面的褐色外套。等我们做好外出准备，墙上的时钟已经快指向下午4点了。在长针指向12这个数字的同时，窗外传来了令人怀念的钟声，让我倍感安心。看来即便时钟普及了，街上的钟楼还是每到整点就会奏响音乐。

音乐结束，离时限只剩一个小时了。先让费尔希带我们去北圣托利亚最热闹的地方，要是时间允许就边逛边吃……不对，是努力收集消息吧。

我们跟着费尔希出了客房，长长的走廊往左右两边延伸开去，虽然上次到访因手忙脚乱而没有留意到，但亚拉贝尔家的宅子貌似比我想象的宽敞多了。记得曾经是我侍从的罗妮耶说过，她和蒂洁的父亲都是六等爵士，所以生活比较俭朴，可能是在这两百年间重建了宅邸或者搬到新家了吧。

跟在男孩和鬈毛犬后面，我们来到了宽敞的玄关大厅。光是这里的面积就大到能把我们的森林小屋整个吞没了。

"……感觉都能放下四张乒乓球桌了。"

我对身边的亚丝娜轻声说道。她满脸讶异地朝我看来，说：

"桐人，你喜欢打乒乓球吗？"

"不，也不是特别喜欢。"

"那你怎么拿乒乓球桌做比喻啊……"

"总不能拿网球场来比喻吧……"

我们聊着这些毫无实际意义的事时,费尔希从很有分量的衣架上拿下毛织大衣穿上,藏住了小剑,又对贝尔吩咐了几句。只见鬈毛犬回了一声"汪"就往走廊深处跑去了。

"好了,我们走吧。"

费尔希转过头来说完,便用力推开了那扇巨大的双开门。顿时有一阵凉爽的微风吹了进来,撩起了亚丝娜和爱丽丝的长发。与东京冬天刮的那种满是灰尘的干风不一样,风里夹杂的是含有诺尔奇亚湖水汽的北圣托利亚空气——也是Under World的空气。

——回来了。

我心中再次涌出这份感慨,随即跟着三人走出了大门。

亚拉贝尔家不仅宅子大,前院也很宽敞。从大门笔直延伸的石板路两旁长着修剪得很整齐的矮树丛,那前方就是黑色铸铁造的正门。庭院右侧有一间带卷帘门的平房,如果它真的如外表所示是一间车房,那里面可能还停放着机车,不过现在我实在不敢说想试着开一下。

回头一看,大宅是一栋左右对称的两层建筑,比想象的还要豪华。凭我的感觉,这应该是一等爵或二等爵级别的宅邸。亚拉贝尔家在这两百年间也飞黄腾达了啊……可宅子这么大却看不到一个仆人,这又是怎么回事?

接着我又看向正前方,发现正门另一边也有一排石造的气派宅子,只是没有亚拉贝尔家那么大。而中央大圣堂就在那些宅子的远处巍然耸立着,仿佛刺穿了傍晚的天空。它的高度与两百年前一样,还能看见顶层那个像是天文台的圆形屋顶。那里曾是最高祭司阿多米尼斯多雷特的房间，现在又住着什么人呢？

"好了，快走吧，桐人。"

我随着那道声音将目光往下移，就看到亚丝娜、爱丽丝和费尔希正停在前方等我。

"哦哦，抱歉。"

我小跑着追上去，正准备踏足两百年后的圣托利亚市时——

远处传来一道奇怪的高音，就像一种巨大的木管乐器在不停地吹奏同一个音符一样，嗡鸣声正一点一点地变大。听着不像是音量提高了，而是声源在渐渐靠近。

突然，费尔希猛地转过身来，指着石板路的右侧大喊道：

"大家快躲到那些灌木丛后面！"

男孩的声音和表情告诉我，我没有时间追问为什么要这么做了。出于条件反射，我一把抓住亚丝娜和爱丽丝的手臂，拉着她们一路冲刺，跳进了车房周围那圈高约一米的植物背面。幸好这种植物的枝叶比较柔软，把亚丝娜她们推进去之后，我自己也在旁边躲了起来。

几乎是我从叶子间的缝隙看向正门的同时，一个大型移动物体从正门的另一边出现了。

那是一辆造型简约的方形交通工具，四角都有大轮胎，大概就是费尔希之前所说的"机车"了。上次潜行期间，我们从机场前往这栋宅子时坐的也是这种交通工具，而现在看到的这辆要更大一号。车身呈明亮的灰色，侧面用汉字和片假名……不对，是用通用语写着什么字，可惜正门的铁栏杆挡住了我的视线，看得不是很清楚。车顶上有一个警报器，估计那就是怪声的来源了，或许是救护车或者巡逻车之类的吧。

在警报声停下的瞬间，车身侧面的门被猛地推开，好几个人从里面冲了出来。他们从外面推开高大的正门，冲进了庭院。来者一共六人，都穿着灰色的制服，戴着像是制帽的帽子，腰间还挂着一把小剑。

"那是哪个团体的制服？"

听到亚丝娜的低语，我和爱丽丝同时摇了摇头。

"不知道。"

"我也没见过。"

不仅是我，连爱丽丝也不知道，那应该是两百年前还不存在的机关的制服吧。六人中年轻的看着有二十来岁，年纪最大的有五十多岁，应该都不是学生。

我们屏息观察，看到一个年轻男人从肩上的背包里取出一个像是便当盒的东西，对着各个地方查看。长着连鬓胡须、看似最年长的男人走上前去，用紧张兮兮的声音问道：

"怎么样？心意计还有反应吗？"

"没有出现新的反应，但有很明显的痕迹。队长，刚才战术级心意武器肯定就是在这栋宅子里连续启动了两次。"

"唔……"

被称为队长的胡须男环顾了宽敞的前院一圈，才发现呆呆地站在路中间的费尔希。

"喂，你！"

被人气势汹汹地吼了一声，费尔希被吓得整个人往后退去。就在我两旁的亚丝娜和爱丽丝也绷紧了身体，我只好紧紧拉住两人的外套，以免她们从藏身的地方冲出去。

包括队长在内的三个男人冲向费尔希，对他进行盘问，那嗓门大到我在二十米开外都能把内容听得一清二楚。

"你是这栋宅子里的孩子吗?!"

他们的气势逼得费尔希的右脚后退了一步，但他还是坚定地站稳脚跟，报上了姓名：

"是的，我叫费尔希·亚拉贝尔。"

"为什么这个时间会待在家里……不，还是算了。诺古朗·亚拉贝尔爵士、萝谢琳·亚拉贝尔前机士，或者罗兰涅·亚拉贝尔机士在家吗？"

"不……我父母和姐姐都不在家。"

"是吗……"

队长点了点头，再次环顾整个院子。那犀利的视线转向这边时，我的心脏一阵猛跳。不过他没有发现我们，又低头看着费尔希说：

"……我问你，大约三十分钟前，这里有没有出现什么异常？比如听到奇怪的声音，看见可疑人物之类的。"

费尔希可不只是听到了声音，也看见可疑人物了，他却很干脆地摇了摇头。

"没有，我什么都没有发现。"

"嗯……那就奇怪了。明明刚才还检测到这栋宅子有战术级心意兵器的反应……"

队长双手抱胸沉思时，其中一个部下说：

"队长，看这情况，会不会和上个月一样也是误报？"

"但是和上个月一样，这次也是办公楼里的所有心意计一起启动了。那些都是精密仪器，很难想象会同时出故障。"

我竖起耳朵听着男人们的对话，身边的爱丽丝低语道：

"……心意兵器是什么？"

"谁知道……"

"还有那个叫心意计的道具……是不是能感应到心意力的发动状况？"

"谁知道呢……"

我也只能这么回答了。爱丽丝用那双蓝色的眼睛瞥了我一眼便继续观察外面的情况。

那六个男人还在执着地观察前院的各个地方,也不知是不是有什么规定,他们居然没有离开道路四处调查。最后他们似乎判定是那个叫什么心意计的东西出错了,集中到一起小声讨论了一番之后,除队长外的五人就走回大门处了。

独自留下的队长蹲在费尔希跟前,让两人的视线停在同一高度,并开口向他道歉:

"费尔希小弟弟,抱歉让你受惊啦。好像还是我们这边搞错了。话说回来,你真不愧是名门亚拉贝尔家的子孙啊,小小年纪却这么稳重。你也想成为像姐姐那样的机士吗?"

别说那么多废话了,赶紧回去不好吗?知道费尔希有何苦衷的我在心里咒骂了一句,男孩的回答却非常得体:

"不,我想当一名学者。亚拉贝尔家的机士几乎都是女性。"

"嗯。我倒是觉得,你才这个年纪,也不用急着去定下未来的路啊。"

这句没心没肺的话又让我一阵恼火。就在这个时候——

原本准备离开的其中一个部下——就是刚才拿着心意计的年轻男人——一边跑回队长身边,一边大叫道:

"虽然很微弱,但又检测到新的心意反应了!"

"什么?!"

队长站直身体,紧紧盯着那个四方形盒子看。两个人拿着盒子朝各个方位探查的样子很滑稽,可是在这种紧要关头,我不该觉得好笑。该不会是刚才在内心咒骂他的时候一不小心用了心意吧……想到这里,我立马拼命地驱除起了心中的杂念。

"啊……"

身旁的爱丽丝又发出一声低呼。

"怎，怎么了？"

"那个心意计会不会是对你给费尔希的那把剑起反应了？"

"咦？可那东西已经变形超过三十分钟了啊。"

"最高祭司大人说过，以心意力变形的物品总需要一些时间才能适应新的形态……当时我不太明白这是什么意思，假如和重新打造的金属还留有余温是一样的道理，那上面应该也残留着一些心意力……"

"……"

我不觉得是这么回事，却又不好否定。就算用过很多次，我对Under World独有的心意系统也不是了解得很透彻。

不过听爱丽丝这么一说，我就想起还在修剑学院时，洁菲莉亚花被来找碴儿的同级生扯坏了，我就是用心意力让花复活的，还隐约记得那朦胧的磷光在花朵上停留了一会儿。假设正如爱丽丝所说，心意计检测到的是"余热"，那么队长一行人应该很快就会发现费尔希的剑就是来源。我不认为这个九岁的男孩能在不供出我们三个的前提下巧妙地把这事搪塞过去，若不赶紧想出对策，本身已经背负着一个大问题的费尔希很可能会受到更深的伤害。

"亚丝娜，爱丽丝。"

我原本一直攥着她们的外套，现在则把手松开，低声说道：

"等我一出去，你们就找时机回宅子，穿上铠甲下线。"

刚说完得到了两句意料之中的回应：

"你胡说什么呢，我也要一起出去！"

"别管什么铠甲了，我也要去！"

"现在不把铠甲收好，说不定就再也拿不回来了。而且爱丽丝，你现在绝不能被一些麻烦事拖住脚步吧？"

我指向爱丽丝腰间的皮革小包说。骑士用力地咬住了嘴唇。

我知道那小包里装着极其贵重的东西。那是雨缘和泷刳——曾经为保护爱丽丝而险些丧命的两头飞龙，我用心意将它们还原成了孵化前的龙蛋，如果那些男人粗手粗脚地把蛋摔坏了，即便是我也无法再次复原。

看到爱丽丝小心翼翼地按住小包，我迅速地朝她点了点头，又看向亚丝娜说：

"我没事的，要是有个万一就会用这个逃出去。顺便帮我转告凛子小姐，拜托她按原定计划等到5点。"

说完我就举起左手，亚丝娜原本还想说点什么，又合上了嘴。

Under World中不存在"史提西亚之窗"以外的用户界面，为了让我们能够自行下线，神代博士和比嘉主任给我们加装了左手的手势指令——先伸直左手的手指，然后按顺序依次弯曲尾指、中指、大拇指、无名指和食指，STL就会检测到信号，让我们强制下线。我曾在现实世界里试过一次，弄得手筋直生疼，可在Under World里只要两秒就能输入完了，而且和Unital Ring不同，不会把没有灵魂的身体留在这里，所以也能用于紧急脱离。

"……好吧。不过你一定要小心。"

亚丝娜带着一种压抑着担忧的表情低声说道。我笑着说了一声"当然了"，并再次朝爱丽丝点头，卸下腰上的两把剑。

"这两把剑就先交给你们保管了。"

我把夜空之剑交给亚丝娜，蓝蔷薇之剑交给爱丽丝——之所以各给她们一把，纯粹是因为剑太重了——后就悄悄地走出了灌木丛。

队长和他的部下还在前院的正中央拿着心意计四处查看，费尔希似乎也意识到引起反应的是自己身上那把小剑了，正有意无意地避开心意计，但也不是长久之计。

现在已经没有时间摸索一个稳妥的出场方式了。

我压低身子移动到车房后方，以无咏唱的方式生成二十个风素，在两边脚底各放置十个，接着在脑中想象喷气式飞机，释放风能，以极快的速度垂直上升。单靠"心意之臂"，即念动力也可以让身体浮起，但在需要速度的时候，还是借用素因的力量更方便一些。

一口气上升一百米后，我停下动作，改为自由落体。队长等人和费尔希还没有察觉，我便张开双臂调整轨道，让双脚先着地。在落地之前，我还解放了剩余的风素，让身体刹车。随着"砰"的一声巨响，我在队长跟前两米的位置着陆了。

"哇啊啊?!"

队长大叫一声，像装了弹簧的人偶似的往后一跃，拿着心意计的年轻人则当场瘫坐在地。趁此机会，我看向费尔希，对目瞪口呆的男孩暗示"快装作不认识我"！我们之间不大可能做到心有灵犀，但费尔希还是眨了眨眼睛，离远了一些。

"什……什么人?!"

胡子队长扯着破锣嗓子吼道，还拔出了左腰上的剑。仔细一看，那不是普通的短剑，剑柄部分好像还有什么机械装置。那是什么东西？我刚这么想，队长就用大拇指按了按上面的圆形按钮，整个剑身顿时迸发出了噼啪作响的黄色闪电。

"哇……那是电流吗？是怎么生成的？"

Under World里应该不存在雷属性的素因，而队长也没有回答我这个纯粹的疑问。

"快说出你的名字和现在居住地！"

"这……名字是桐人,没有住所……"

"没有住所?!那你在哪里留宿?!"

"这个……我不太记得了,或者应该说,我醒来时就发现自己在这栋宅子里了……"

"胡说什么呢!难不成现在还有'贝库达的迷失者'?"

队长口中这个词很是令人怀念,不过接下来的话听着就很陌生了:

"那就说出你的市民号码!"

"啊?我没有什么号码……"

"怎么可能没有!史提西亚之窗上不是写着吗?!"

"哦,哦哦……"

原来如此。我边感慨边用右手在空中写了一个"S",拍拍自己的左手臂。随着一阵熟悉的铃铛效果音,一个浮窗出现了,上面写着一行文字:UNIT ID:NND7-6355。

"呃,我的号码是NND7-6355。"

"NND7?那不是北部边境吗?不对……你说是六千多号?!胡说八道!"

队长拿着电流剑步步逼近,观察那个紫色的浮窗。下一瞬间,他那长满胡须的下巴差点掉了下来。

"这怎么可能啊?!我家奶奶也才八千多号,你这么个小伙子怎么会……"

我听到这句话才终于回想起来,史提西亚之窗上标记的UNIT ID是在该地区出生的人的连号。我应该是在人界历370年左右在卢利特村"出生"的,因此相比两百年后的现在,号码肯定小了很多。

这下该怎么蒙混过关呢?就在我左右为难之际——

"队，队长！"

仍坐在地上的年轻队员用心意计对着我，尖声大叫道：

"心意计有反应了，是这个男人！我怀疑他身上藏有某种心意武器！"

"什么?!"

队长闻言立刻和我拉开一段距离，架起了电流剑。其余四个男人也一起从正门那边跑了过来。

不管怎么说，不让他们怀疑费尔希的目的已经达到了。于是我轻咳一声，尽可能地装出很有威严的样子说：

"没错，刚刚使用心意的人就是我。几十分钟前那次也是我。"

"你这是承认了吗?!你非法持有并使用了心意兵器，违反了人界基本法！"

"不，我用的并不是兵器……"

"不然是什么东西，难道是你自身的心意?!"

就是这样。我点了点头，结果队长立刻向跑过来的部下们命令道：

"把这个男人抓起来！不必犹豫，如果他胆敢拒捕就直接上电击剑！"

猜错了，原来那不是电流剑，而是电击剑啊。我这么想着，老老实实地把双手伸了出去。其中一名队员从腰间的盒子里拿出一副粗糙的手铐，"咔擦"一声套住了我的手腕。

这钢铁的冰凉触感莫名有些熟悉。我扭了扭脖子，思考为什么会有这种感觉，这才想起来这已经是我第二次在这个世界被捕了。还在修剑学院的时候，我和尤吉欧违反了《禁忌目录》，被此时正藏在后方灌木丛里的整合骑士——爱丽丝亲手押送到中央大圣堂，铐上了地牢里的锁链。

当时我和尤吉欧把套在彼此左手上的锁链交叉在一起,然后全力拉扯,以此消耗锁链的天命,最终成功挣脱了。可是现在我只有一个人,用不了这一招。

——锁链断开的时候,你还因为惯性太大让脑袋撞墙上了,向我抱怨了好一阵子来着。

我在心里向已经不在的搭档低语道,最后一次看向费尔希。男孩明白了我的意图,回以一个轻轻的点头。

说不定我们再也无法见面了。你要努力啊——我以眼神传达了这个意思,迈步朝正门走去。

随后我就被塞进机车里了,不过坐上去之后感觉并不差。

车轮上有一层类似于黑色橡胶的缓冲材料,还配备了片簧式的悬架。道路是石板铺就的,所以传来的震动也不小,但也不至于震到一说话就会咬到舌头。

实际上,我早就被窗外的景象夺走了注意力,一路上一直半张着嘴巴。

到了星界历582年,北圣托利亚的建筑设计依然保留着以前的风格,除此之外的一切却与两百年前相差甚远:大小各异的机车在拓宽的道路上穿梭,排列在路旁的街灯放出明亮的光芒,而在街上来来往往的行人当中,大约有三成是哥布林、兽人、食人魔之类的亚人族,甚至还有身高超过三米的巨人。

他们看着像是来自暗黑界的游客,有的站在街角与其他种族闲聊,有的则在露天咖啡馆享受茶饮,完全与街景融为一体了。服装风格也有些相似,看来这些亚人大多是圣托利亚的居民。

我还在人界生活的时候,暗黑领域的亚人族经常会遭到不公的对待,与现在相比还真有种恍若隔世的感觉。为了实现这幅场景，历代的执政者们应该费了不少工夫吧。不……假如史蒂卡和罗兰涅的话是可信的，那么这两百年间执掌Under World的人应该就是星王和星王妃，而且那两个人就是我和亚丝娜。

"……还是不太可能啊……"

我嘀咕了一句，坐在旁边的年轻队员就轻轻地用手肘戳了一下我的侧腹。

"安静点！"

"是是是。"

于是我闭上嘴巴，将身子沉进坐垫很薄的座位上。

机车在宽敞的繁华大街上笔直行驶，进入北圣托利亚一区，即昔日帝城所在的区域。我从窗口望向前方，发现城堡还是原来的模样，以前随处可见的诺兰卡鲁斯帝国和公理教会的徽章旗帜却彻底消失了。取而代之的是一种纯白色的垂直幕布，上面是从没见过的蓝色徽章，是一个正圆形叠加三个点……这是两百年前不存在的图案。

"……那个徽章有什么含义吗？"

我轻声问旁边的年轻队员，这次他似乎是诧异多于愤怒，还抛来了一个阴森的目光。

"你是问那个统一会议的徽章吗？"

"哦……那就是……"

"这点事就连在幼年学校读一年级的学生都知道啊。那个大圆代表双子星的轨道，右上方的点是主星卡尔迪纳，左下方的点是伴星阿多米纳，中间的点是索鲁斯。"

"哦，原来是这个意思啊……"

我点了点头，继续盯着那面织锦看，发现尖尖的前端部分还有另一个徽章。那个徽章小得几乎看不见，看着像是两把并立的剑被某种花缠绕着。

"……下面那个徽章呢?"

"你是真的不懂才问的吗?那当然是星王的徽章啊……"

年轻队员刚小声说完,机车就向左拐弯,剧烈地晃了一下,感觉是横穿了人行道,进入诺兰卡鲁斯城堡……不对,应该是行政府附设的建筑园区了。灰色车厢上用黑色字写着"北圣托利亚卫士厅"这个组织的名称,那么这里应该就是办公楼了吧。

这里的停车场并不大,还停放着两辆外表与这辆很相似的机车。仅靠这三辆车守护整个北圣托利亚好像有些靠不住,不过仔细想想,Under World里的人原则上是不会犯法的,即便过了两百年,这个性质应该也没有改变。再者,若暗黑帝国的威胁已经不复存在,那就算将维持治安的组织缩减到最小规模也足够了。

机车刚在最靠里面的车位停稳,队员们就迅速地冲了出去,在我右侧的门边整齐列队。队长则打开车门,命令我下车。我也忍不住想伸展一下身体,就跟着跳下车了。在下车前匆匆看了一眼安装在驾驶席上的小型钟表,现在是4点40分,离和凛子小姐约定的下线时间还有二十分钟,离强制断线时间还有三十分钟。

"动作快点!"

队长都开始怒吼了,我一边在心里念叨着"是是是",一边来到车外。一落地,男人们就从前后左右四个方位把我围了起来。

卫士厅办公楼位于停车场西边,是一栋气派的四层建筑,而园区北边就是行政府,再往北还矗立着中央大圣堂。或许是因为邻近的两栋建筑过于巨大,这栋办公楼显得没什么压迫感。我在包围中穿过铺着花砖的停车场,进入办公楼。

一楼大厅的正面有一个很大的接待柜台,那里不仅有男性职员,还能看见女性职员的身影。估计是因为犯罪分子真的很少见吧，所有人都紧盯着我这边看，我甚至有些想对他们挥手，只可惜手上戴着手铐，没能如愿。

我被带到二楼深处一个煞风景的小房间里，里面只有一张桌子和两把椅子，还有挂在墙上的一个圆形时钟。这环境怎么看都像是审讯室，我好不容易才忍住没有笑出声来。随后我主动坐到内侧的椅子上，抬头看向站在正对面的队长说：

"不给我来一碗炸猪排盖饭吗？"

"你……你说什么？"

"啊，没事。我没说什么。"

"你给我老实坐着！长官一会儿就会过来问话！"

队长这么说完便快步离开了房间。房门关上了，却没有听到上锁的声音，甚至都没有搜我的身。卫士厅这样真的不会出问题吗？我不免为他们感到担心，并倚靠到硬邦邦的椅背上。

这段被逮捕的剧情是我没有料到的，但从某种意义上来说也正合我意。不管那位卫士厅长官是什么人物，他都应该是最清楚北圣托利亚发生过什么事件的人。若能顺利地从他那里打听到消息，说不定就能找到关于入侵者的线索了。

这时我等得有些不耐烦了，但一分钟、两分钟过去，房门还是没有打开的迹象。到了第三分钟，我的耐心已经到极限了，便想着要不趁这机会研究一下时钟的构造好了，起身把椅子挪到墙边，然后在心里默念了一声"抱歉啦"，就鞋也不脱地踩上椅面，把耳朵凑近墙上挂着的时钟。

结果我完全听不到滴答声，倒是有一种不可思议的轻微震动声，让人联想到金铃子扑扇翅膀的声音。单凭这声音根本想不通这个时钟是什么构造，于是我稍微把脸从墙边拉开，观察那木制的表盘上有没有厂商或制作者的名字，可是上面除了十二个数字也没有其他……不，6这个数字上方有一个直径五厘米左右的小型刻印。虽然图案太复杂很难辨认，但那交叠成菱形的双横线和行政府墙上的垂直幕布最下方的徽章很像。

我环顾整个房间，想看看有没有放大镜，可这里怎么会有这种东西呢？就在我举起右手，准备用晶素做出镜片的时候，房门另一边传来了好几个人的脚步声，于是我赶紧跳了下来，把椅子挪回原位并坐下。

很快，房门就被人直接拉开了。最先进入房间的还是那个胡子队长。

"起来！卫士厅长官波哈尔森爵士阁下莅临了！"

爵士阁下要来了吗？在见到本人之前，我不禁有些畏缩。即使贵族等级被废除，亚人族也能在圣托利亚生活了，烙印在Under World人灵魂里的阶级意识似乎还根深蒂固地残留着。

我乖乖地站起身来，队长也走到房门一边等着。靴子的脚步声越来越近——那是一个体形矮胖、六十岁上下的男人。

他的制服与队长身上那套基本是同样的设计，肩膀上多了华丽的金色肩章，胸前有多彩的略绶，别在左腰的剑并不是实用型的电击剑，而是装饰过多的军刀。他还留着两头往上扬起的小胡子，就算是在两百年前，我好像也不曾见过这么典型的"贵族大人物"。

爵士阁下在桌子另一边装模作样地轻咳了几声，准备开口说点什么，然而在他出声之前——

"等一下！"

一个声音突然响起，吓得阁下那木桶般的身体打了个激灵。队长赶紧跑到走廊上，结果反而被推回了房间里。

只见两个身穿深蓝色外套的人很有气势地走进了这个狭小的

审讯室。两人个子都不大，一身凛然的气场却彻底压倒了连鬓胡子队长和小胡子长官。那顶帽子看着像是水兵帽，帽檐卷得像一个筒，由于压得低，也看不清脸长什么样。

"这……这是要做什么？"

波哈尔森爵士阁下好不容易才说出第一句话，其中一个穿着蓝外套的人严厉地说：

"从现在开始，此事改由整合机士团负责了。请各位尽快转交嫌疑人。"

"哼……"

长官哼了一声，但帽子上的徽章已经逼到他跟前了。十字箭头加正圆形正是曾经的整合骑士团——也是公理教会的标志。

即便教会早已消亡，那种敬畏之心似乎仍在以摇光传承，波哈尔森爵士就这么乖乖退下了。

"罢了罢了，随你们吧！特雷布，我们走！"

连鬓胡子队长貌似是叫特雷布，他看也没看我一眼就气鼓鼓地追着长官离开了。

这下审讯室里就剩我和两名"蓝外套"了。接下来事情会怎么发展呢……我冒出这个想法时——

对方关上了房门，还一起拿下帽子，用奇迹般清亮的声音叫出了我的名字：

"桐人大人，您终于回来了！"

"虽然是这种情况，但能再见到您真的太令人高兴了，桐人大人！"

"……啊！"

这时我才发现，眼前的两人正是上次潜行时遇到的年轻女机士——罗兰涅·亚拉贝尔和史蒂卡·修特利尼。

定睛一看，罗兰涅和史蒂卡身上分明留着罗妮耶和蒂洁的影子。我不禁连连眨了几下眼，才回应了她们的招呼：

"好……好久不见，两位。还有上次我也说过，别叫我'桐人大人'了。"

听到我这么说，两人一起摇了摇头。

"不行的，桐人大人。"

"本来还想称呼您为星王陛下的。"

"……千万不要。"

我的后背不由得打起了冷战，过后才再次开口问道：

"所以……为什么你们会在这里？"

"是费尔希通知我们的。"

黑发的罗兰涅这么答道。我正准备恍然大悟地点头，又在中途改成了摇头。

"不，不对……我坐的那辆机车是直接开到这里来的，没记错的话，机士团的基地应该是设在城外的吧？费尔希跑得再快也赶不上啊。"

结果红发的史蒂卡忧虑地说：

"桐人大人，看来您的记忆还是没有恢复啊……明明是星王陛下您亲自发明了传声器。"

"传……传声器？那是什么东西？"

"就是可以直接传递声音的造器。"

"造……造器？"

这解释根本说不清楚啊……但我很快就想到，这个词可能是从"人造神器"省略而来的。能传递声音，那就是类似电话的东西喽？原来Under World里不仅有汽车和飞机，连电话都有了？

"唔……我还是觉得那个星王不是我……就算你和我说那是传

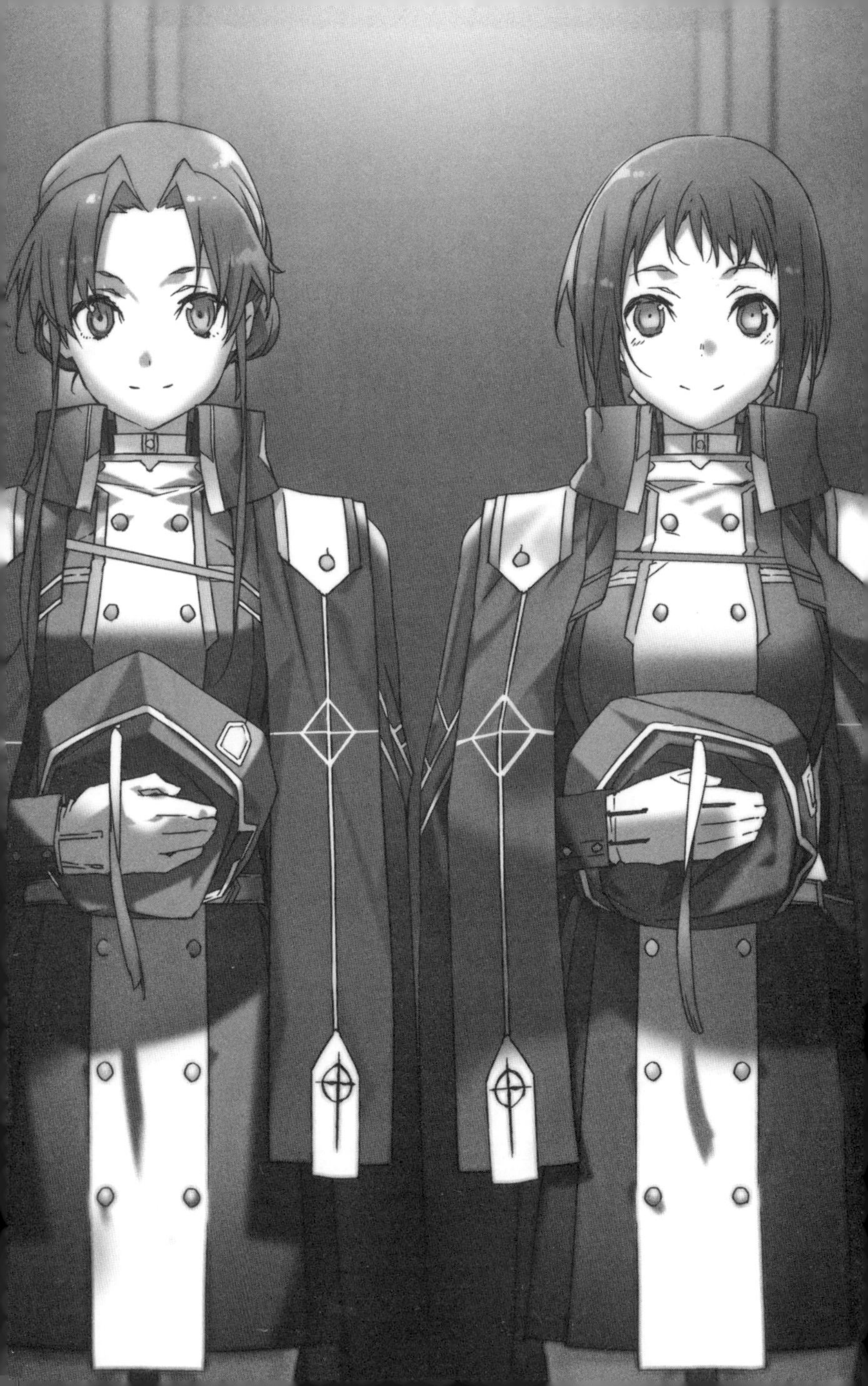

声器，我也还是一点头绪也没有啊……"

"这些以后再说也无妨，现在先离开这里吧。"

罗兰涅说完就用左手重新戴好了帽子。

"这点我倒是很赞成……不过，是回你家吗？"

"我也非常希望您能够莅临我家，但是卫士队说不定会蜂拥而至……等离开这栋楼了，我再向您说明要去哪里吧。"

随后罗兰涅拉开房门，确认了一下左右两边的情况。见她转身朝这边点了点头，我才跟着史蒂卡走出了审讯室。

走廊上没有卫士们的身影，我们快速来到一楼，穿过大厅，跑到室外之后，就看见大门正前方还有另一辆机车。

如果说卫士厅的车是注重实用性的面包车，那么这一辆应该算是注重外形的轿车了。车头配备了厚重的前格栅，长长的引擎盖从此延伸，连接着较矮的车厢。锃亮的黑色车身侧面没有文字，车头则有一个显眼的十字圆状银质标志，很是神气。

罗兰涅从后方绕到驾驶席——和现实世界的日本一样是右舵，史蒂卡则打开车后座左侧的车门，看了看我。我想坐上副驾驶席，可现在这情形也不容许我像个孩子似的说这种话，只好乖乖地坐了进去。史蒂卡刚关上车门，就响起了一阵听着感觉很高级的轰鸣声。

座位配的坐垫很厚，舒适程度与卫士厅的机车相比简直是天壤之别。我全身倚靠在座位上，长长地呼出了一口气，然后望向右边——

我才发现那里已经有人了，吓得整个人往左边缩。

那人穿着和史蒂卡她们的外套同色的长款大衣，戴着一样的帽子，从体型来看应该是个男人，他把帽檐压得很低，大衣衣领也立了起来，因此完全看不到脸。那双皮靴擦得锃亮，腿则跷着，两手手指交缠着放在腿上，一动不动。我凝视着这个神秘人物，把脸凑近驾驶席，小声问道：

"罗兰涅……这个人是？"

"整合机士团团长阁下。"

"团长?!"

我冒失的嚷嚷声和副驾驶席车门合上的声音同时响起。

罗兰涅一踩加速器，发动机盖深处的热素就发出低沉的轰鸣声，这辆大型轿车也平滑地走了起来。卫士厅的车坐起来感觉也不差，但还是无法与这辆车比较。Under World的技术应该还不足以做出充气轮胎，这种缓冲力到底是怎么来的？

不，现在不必管机车技术如何了，关键是右边这个人很让我好奇。

既然说是团长，那对方就是整合机士团的首领了吧。听罗兰涅她们说，机士团所属的Under World宇宙军也有司令官，可实际上指挥宇宙军和陆地军的都是机士团。在两百年前的异界战争期间组建的人界守卫军与当时的整合骑士团也有类似的关系，这倒是不难理解。照这么说，现在坐在我旁边的就是掌控着Under World所有兵力的人物了。

这种VIP中的VIP为什么会坐在来送我的车里？又为什么看都不看我一眼，一声不吭地坐在座位上？

我一边偷偷地往右边看，一边拼命思考该怎么应付这种状况。也不知道史蒂卡她们为什么都不说话了，帮忙介绍或者解释一下也好啊。

那我也模仿他的动作算了。于是我靠在座位上，跷起二郎腿，两手手指交缠着放到了膝盖上。这位团长会有什么反应呢……我往右边瞥了一眼，就在这个时候——

一路往南开的车子在十字路口左拐,从窗外照进来的夕阳正好照亮了团长的肩膀。

从帽子与立领之间的些许缝隙可以窥见,他后脑勺的微鬈的发丝正被阳光照得闪闪发亮。那不是金发,呈比金色略深的金褐色。

若要形容,就是亚麻色。

我的心脏倏然开始连连敲钟,呼吸变得急促,指尖也在泛冷、发麻。

接着我以僵硬的动作把脑袋转向右边,观察团长的全身。

以男性的体格而言,他不算高挑,也不算结实,硬要说的话是和我差不多的偏瘦型。可即便隔着厚厚的大衣,也能看出他全身上下都是锻炼过的。

真想伸出右手,确认一下他肩膀附近有多少肉……不,我想摘下他的帽子,放下他的衣领,从正面好好看看他的脸。要是不尽快确认不是那么回事,我剧烈的心跳就无法平静下来。

这个迫切的念头在无意间化为心意,向团长伸去。就在差点就碰到他大衣肩膀处的那一瞬间——

一阵被弹开的感觉传来,让我瞪大了双眼——团长以更为强大的心意力弹开了我伸出的"心意之臂"。

"啊……不是,我……"

我脱口而出的话被那人的低喃声打断了。

"原来如此。"

刚才一直一动不动的团长慢慢地从口袋里抽出了左手。

"……这就是自称'星王'的男人的心意吗?难怪卫士厅的人会误以为是心意兵器。"

这个声音……

一点也不刺耳,像丝绸一样顺滑,还含有些许像是女性高音的成分,却能让人感受到坚强的意志。

团长抬起左手,用指尖捏着帽檐,慢慢地抬起了帽子。亚麻色的鬓发渐渐显露,在夕阳下散发出了美丽的光辉。

副驾驶席上的史蒂卡似乎忍耐了许久,这会儿兴奋地转过头来嚷嚷道:

"团长你看!他是真的吧!"

"我还没说是真的。机士团里也有好几个人能操控这种程度的心意力吧。"

"不只是这样啦!"

史蒂卡着急地在胸前握紧双手,越说越激动:

"桐人先生用从未见过的秘奥义把神话级宇宙兽'深渊之恐惧'给……也就是说,他单靠剑技就把它解决了!也就只有传说中的星王陛下能做到这种事了!"

"行了,你也别急着下定论。"

在如今的Under World里,这个男人恐怕是能与星界统一会议首领并列的最高权力者,但他语中丝毫不带狂妄自大,说完还轻咳了一声,补充道:

"对了,罗兰涅,能不能麻烦你绕个路,去六区的东三号大街?"

"不行哦。基地那边应该已经买好您要的跳鹿亭蜂蜜派了。"

"那东西要新鲜出炉才是最好吃的。"

"什么东西都是刚出炉的最好吃啊。"

那位团长聊着这些,而我只能一直盯着他的侧脸看。

即便夕阳形成的逆光、他上半边脸的白色皮革面罩都让我无法辨认他的容貌,我好像还是能从外露的嘴角看到"他"的影子——或许是因为我有这样的愿望吧。

"没办法了,那就直接回基地吧。"

团长叹着气说完，便若无其事地转向我这边。

发丝随着他的动作轻轻地晃了晃，前额发际到鼻子的部分都被白色面罩覆盖着，可是面罩上镶了薄薄的镜片，往那里头一看，那双深绿色的眼睛正散发着炯炯光芒。

"……尤……"

我下意识地说出这个字，团长有些诧异地合上了嘴，不过很快又被一抹淡淡的微笑取代了。

那不是我以前也曾见过几次的、温和而沉着的笑容。眼前这个男人与我两百年前死去的搭档有着一样的眼睛、一样的嗓音，脸上浮现的笑容却有些讽刺，似乎不打算与任何人交心。他朝我伸出右手，说：

"虽然戴着面罩说话不太礼貌，但是我眼睛周围的皮肤经受不住索鲁斯的阳光。我……呃，本人是整合机士团团长艾欧莱恩·赫伦兹。请多指教，桐人。"

"艾欧莱恩……"

我呆呆地把这个初次耳闻的名字复述了一遍。

难道是人有相似？是决定Under World人外貌因素的参数出了问题，他才会碰巧和尤吉欧长得这么像的吗？还是说其实他只有眼睛和嗓音像尤吉欧，面罩下的脸完全不一样？

我深深吸气，再用力呼出，准备伸手握住艾欧莱恩团长一直耐心伸出的右手——

就在还差几厘米的时候，一阵奇怪的感觉突然袭来，让我绷直了身体——这是一种无物可依的脱离感，肉体与精神的联系仿佛在逐渐变弱。这是……

强制下线。

出于条件反射，我看向驾驶席那边，发现嵌在仪表板之中的

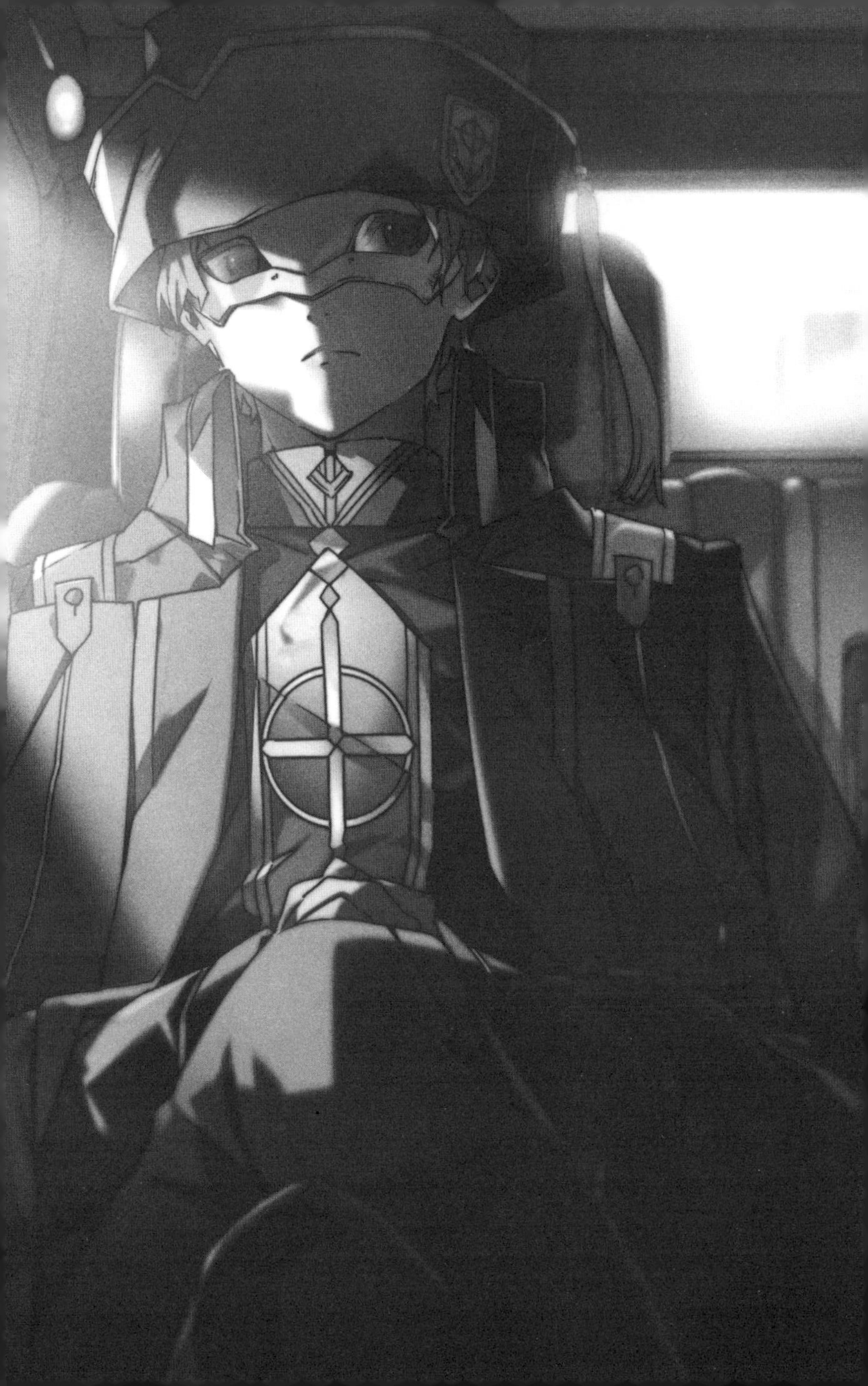

时钟正好指向5点11分。由于我没有在约定时间5点回去,神代博士便如她所言——不,她还大发慈悲地多给了我一分钟——强制让我离线了。

"等一下!"

我一边对现实世界的神代博士这么喊道,一边试图握住艾欧莱恩团长的手——他已经完全呆住了。我们才刚刚碰到彼此的指尖,整个世界就被一道七彩光包围,继而消失了。

10

我一打开自家大门,就看到直叶今晚也一直在玄关处等我。

"欢迎回家!你动作真慢啊,哥……"

与昨晚一样的欢迎词说到一半就戛然而止,估计是因为我的神情很奇怪吧。我好不容易才换回正常的表情应道:

"我回来了,小直。"

"……欢迎回家。是不是……发生什么事了?"

是。发生太多事了,但站在这里也说不清楚。

"嗯……算是吧。你吃过饭了吗?"

我边脱下鞋子摆好边问,直叶眨了眨眼,答道:

"啊,还没呢。我今天也有社团活动,才刚到家。妈妈煮了咖喱和饭,很快就能开饭了。"

"这样啊。结衣也说森林小镇……拉斯纳里奥现在没有异常,我们就边吃边聊吧。"

"好。那我去准备一下。"

直叶说完便跑向厨房。我目送身穿运动衫的妹妹的背影,来到二楼的自己房间。

妈妈的上下班时间都比普通的公司职员晚一些,但她好像不只给我们做了咖喱,还晒了被褥,床铺收拾得很整齐。

普通的健全高二男生或许会说"别随便进人家房间啊"!并对此感到抵触,但我只会心生感激——我有一个略为自大但很可爱的妹妹,一个会随便进我房间但尊重我自主性的妈妈,还有一个一年只能见上几面但令人尊敬的父亲,世上还有什么比这更幸福的事吗？

然而在妈妈用吸尘器仔细为我打扫干净的房间里，我只想尽早回到Under World——只要闭上眼睛，艾欧莱恩·赫伦兹面罩下那双闪亮的深绿色眼眸就会清楚地浮现。

如果只是偶然也就罢了，但在确认是不是偶然之前，我心中的躁动一定不会消失。

在傍晚5点11分下线后，我还没等STL的头罩部分升起，就立刻大喊了一声"赶紧让我回去"！但神代博士不同意我再次潜行的原因有两个：一个是STL的自行诊断程序在潜行过程中检测到机器出了几个小问题；另一个是我刚清醒时的心率和血压都超出了正常值。对于第一个原因我是无计可施，至于第二个，我敢断言这不是身体出了什么异常，而是精神方面的问题。

可是博士强调，在此次调查Under World的任务中，我和亚丝娜的安全才是第一位的。可能是我看上去很不对劲，亚丝娜和爱丽丝也出声劝阻了，我也不再固执地要求继续潜行。

研究报告要到后天才能完成，我和亚丝娜在安全锁前与爱丽丝道别之后就搭上了RATH召来的计程车。在车上，我也是一路心不在焉的，在涩谷站就下了车。明明今天是亚丝娜的生日，却闹出了这种不愉快的事……直到现在，我的焦躁依然未能消散。

假如……假如那不是偶然，艾欧莱恩团长真的和尤吉欧有什么关联……

那么……那么搞不好——

"哥哥，快点！"

楼下传来直叶的声音，让我猛地抬起头来。

"啊，抱歉，我马上下去！"

我大声回应，手忙脚乱地把校服换成家居服。Under World和艾欧莱恩都还在那儿，我当着团长和史蒂卡她们的面消失才更让人震惊吧。只能等下次见面的时候再好好道歉了。

正式的调查活动定在三天后的星期六，届时将进行从早上持续到晚上的长时间潜行。在那之前，我得按捺心中的焦躁，同时把精力集中在Unital Ring和学业上。

我拿着要洗的衬衫和内衣来到走廊，发现加热过的咖喱香味已经飘到了二楼，这才意识到自己有多饿，便快步走下楼梯。

Unital Ring世界的第四个夜晚是随着倾盆大雨来临的。

据爱丽丝和结衣所说，白天已经下过几场淅淅沥沥的小雨了，不过这还是游戏开始以来第一次下这么大的雨。The Seed程序生成的雨水不像现实世界和Under World的那样让人不快，但还是会对视野造成一些阻碍。还好，比起第二天晚上在基约尔平原遭遇的暴风雪，这场雨至少不会危及性命……我在小木屋的门廊看着昏暗的天空想道。

这时艾基尔两手拿着烧陶马克杯从屋子里走了出来，愁眉苦脸地说：

"我还想着今晚痛痛快快地多升几级呢，结果就碰上了这种鬼天气。"

他递出左手上的马克杯，我道了声谢之后就接下了。

"就算下雨也能去狩猎啊。"

"我是土生土长的江户人，不喜欢下雨天。"

"……我说，江户人可没有这种属性啊。"

我吐槽了一句，把马克杯凑到嘴边。杯里不是昨晚亚丝娜给我泡的红紫苏麦茶，味道有点像是黑咖啡加生姜和肉桂，确实有些稀奇，但真要评价的话，还是这一杯更符合我的喜好。

晚上8点，除阿尔戈以外的所有人都到齐了，现在是开完例会之后的自由时间。要是这场雨能在9点左右停下就再好不过了，但就算雨不停，我们也必须开始小镇防卫工程的施工。毕竟明天晚上就有一支百人规模的大军要进攻这座森林了。

在以女战士伊塞尔玛为首的十名巴钦族人移居过来之后，我们的"拉斯纳里奥镇"的战力也增强了不少，但若条件允许，我还是不想把这么危险的任务推给他们。"死了就无法重来"这条规则不仅适用于玩家，对NPC也同样有效。我们只是无法再次回到Unital Ring的世界，而NPC很可能是永远消失。在SAO，几乎所有的NPC死后过一段时间就会重新出现，ALO的NPC本身就具有无敌属性，不会受到任何伤害，但我不认为这个世界会有同样的恻隐之心。

所以正面迎击敌人是我们的职责，但我也不希望自己人牺牲，事实上情况也有些复杂——敌方玩家不是自愿发起攻击的，他们只是受穆达希娜的大型魔法"不祥之人的绞环"胁迫，是一群本来可以把这个小镇当据点用的人。

因此例会上有人提出能不能设法避免演变成对付修兹队时那样的歼灭战时，大家都很为难。刚从Under World回来的我不由得想，要是有蓝蔷薇之剑和心意就可以瞬间解决那一百人了，让穆达希娜一人退场也是轻而易举……然而Unital Ring的桐人只有大致相当于18级的能力值、朴素的铁制长剑，还有腐属性魔法，若能对准穆达希娜的尊容发射"腐弹"想必很让人痛快，但那一招也无法击倒她。

不到一分钟，诗乃就提出了一个很有建设性的主意。

她从GGO世界继承了威力极大的狙击步枪——黑卡蒂Ⅱ，据说她在基约尔平原就是靠这把枪让巨大的恐龙型野外头目当场毙命的，有了这把武器，不管魔女穆达希娜是20级还是30级都能一招摆平。当然了，前提是能命中。

"难点就在这里。"诗乃面露难色地补充道。

黑卡蒂Ⅱ和我的长剑"断钢圣剑"、亚丝娜的细剑"闪耀星光"一样，对等级的要求非常高，目前别说是装备上身了，光靠自己就是想拿也拿不动。诗乃说与恐龙头目对战时还有好几个身强力壮的奥尔尼特族人帮她撑起了枪身，能打中要害也算是奇迹了。

要狙击穆达希娜可不能仰仗奇迹，必须费些工夫，让黑卡蒂能够精准命中。把枪固定在重物上倒是简单，但这么一来就很难瞄准目标了。

要是在现实世界，就可以直接去建材超市买材料做一个简易的可移动枪架，轻松解决这个问题了——克莱因是这么说的，但先不论做不做得出来，在这个世界里，各个技能的生产菜单上没有的东西是无法制造的。不管是木工技能、石工技能还是锻造技能的菜单里都不存在"枪架"这种道具。

"……如果要按诗乃的主意做，就让我来负责扛枪吧。"

艾基尔突然这么说，让我抬头向身边的斧战士看去。

他虚拟形象的肌肉看起来很饱满，但在VRMMO世界，外表和体力没有直接关系。于是我苦笑着回了一句：

"感谢你自愿报名，但你还只有10级吧。比掰手腕的话，就连西莉卡也能赢你哦。"

"唔……"

大汉撇了撇嘴。昨晚我远征斯提斯遗迹时，艾基尔似乎也升了几级，但还是队伍中等级最低的。他才刚转移过来没多久，白天还得忙着咖啡馆老板的工作，这也是没办法的事。作为在SAO和ALO都守护了众多伙伴的老练坦克，他心里肯定很不舒服。

"所以我本来打算今晚多升几级的，但在雨夜里乱来也不见得是好事……"

"确实。"

听到艾基尔的牢骚，我也重重地点了点头。比起以往的游戏，VRMMO相当重视五感。视觉方面自不必说，怪物发出的轻微声音和气味、残留在地面和墙壁上的痕迹的触感，偶尔就连水的味道也能让人察觉危险。除此以外，我还认真钻研了系统外技能"超感觉"，能够感应到无法以五感捕捉的杀气一类的气息。

"雨夜里的森林"会对五感造成阻碍，在VRMMO里，这样的地方无疑与迷宫同样，甚至比迷宫更加危险。还在艾恩葛朗特时，我就经常听说有些玩家想独占涌现的怪物，结果乱来一通，最终丧命。虽然SAO不等同于Unital Ring，但不能死亡这一点是一样的。

下起雨来，气味也会变淡啊……我用鼻子嗅了嗅，发现潮湿的空气里似乎还有一股香喷喷的气味。风是从西边吹过来的，巴钦族住在拉斯纳里奥的西区，说不定他们正在集会的地方烤肉。小木屋离那里也就二十米，香味却这么淡，看来雨水的遮蔽效果真的不容小觑。

"……要是在白天，就能按爱丽丝在昨晚例会上说的那样，动用在玛尔巴河攒下的点数了……"

听了我这声嘀咕，艾基尔也低吟道：

"UR的时间和现实世界是同步的，要不明天临时让店里休息算了。"

"喂喂，别乱来啊。会被你太太骂的吧。"

我赶紧加以劝阻，但大汉不知为何只是露齿笑了笑。

艾基尔经营的Dicey Cafe在傍晚之前是一间可以品尝到美式菜品的咖啡厅，傍晚之后则是一家以多种多样的鸡尾酒为卖点的酒吧。白天由艾基尔打理，晚上则是他太太。听说他被困于SAO的两年间都是他太太在日夜兼顾地看店，才总算摆脱了倒闭的危机。一听到这话，我就不免担心他现在又玩VRMMO会不会招致新的危机——

"我老婆白天都在玩啊。"

他笑嘻嘻地这么说道，我呆呆地张大了嘴巴。

"咦……真的吗？"

"真要说的话，她的网游历比我还长呢。"

"哦……呃，不对，等一下。你太太玩的也是The Seed规格的游戏吧？照这么说，她也……"

我的话刚说到一半，原本在门廊边蜷缩成一团的阿黑就突然扬起头来，"咕噜噜"地低吼了一声。前院里的阿鼍刚才还开心地在雨中四处乱走，现在也停下了脚步，将尖尖的鼻子转向东边的天空。

"怎么了，阿黑？"

我靠近阿黑，用右手挠了挠它的脖颈，但黑豹仍然没有停止低吼。我也竖起耳朵仔细听，却只能听到雨声——不。

这种不协调感不是通过听觉，而是通过脚底的皮肤传来的。我能感受到一股轻微但不寻常的震动。

"……是地震吗？"

艾基尔几乎与我同时发现了异样，立刻在门廊叉腿站稳并低语道。

"虚拟世界里怎么会有地震……不，就算有也不奇怪……"

我这么答道，用右手摸了摸门廊的地板。就在这一瞬间——

一阵惊人的震动……不，是一股冲击传来，整栋小木屋都在剧烈摇晃。

这让我脚下一时踩空，右手的马克杯也掉到了地上。耐久度较低的烧陶杯子立刻就摔得粉碎，化作蓝色的颗粒消散了。这道小小的破碎声还被屋里的女性尖叫声和克莱因的粗嗓子盖了过去。

"艾基尔，是东边！"

我大喊一声，立刻冲进大雨之中。若是在现实世界，人根本不可能凭感觉判断出地震波传来的方向，但到了虚拟世界就多少可以凭身体摇晃的感觉去推测。阿黑和艾基尔也追着我跳进前院，屋里的伙伴们也接连冲了出来。

跑到前院中间再回头一看，已经无法一眼望尽被小木屋的屋顶和石墙挡住的东边森林了。石墙另一边传来刺耳的"吱吱"声，应该是帕特尔族的尖叫声吧。

地面再次剧烈地晃了起来。不管是什么原因，震动确实越来越近了。

"……从四时门出去！"

喊完这句话，我便穿过木门，冲到内环路上，然后往左跑到四时路，正好看到很多帕特尔族人都冲出了家门，正满面愁容地仰望着夜空。

"这里很危险，大家都快回屋里去……快和他们这么说！"

结衣很快来到我身后，我吩咐了她一声之后就在四时路上跑了起来，同时在心里起誓一定要尽快习得帕特尔语技能和巴钦语技能。我刚打开东南门跑到小镇外头，就差点因为第三波上下摇晃的震动而摔倒了。

"呜哇……"

"哎呀！"

随着这个声音，有人适时拉住了我的左手臂。是莉兹贝特。

"抱……抱歉。"

"先别说这个了，接下来要怎么办才好啊?!如果这不是普通的地震……"

莉兹贝特的话让周围的伙伴们都绷紧了脸。要是这种震动不是杰鲁埃特里奥大森林的自然现象，而是由某种怪物或玩家引发的，那么其威力绝对能与超大魔法媲美。

"……总之先去确认原因吧。"

我这么说完，大家也立刻点了点头。在Unital Ring，一支小队的上限人数是八人，我们一行有十个人，所以就按每队五人分为两队，并以强袭队的形式串联起来。分队情况如下：我、亚丝娜、结衣、莉法和克莱因是A队，诗乃、爱丽丝、莉兹贝特、西莉卡和艾基尔是B队。阿尔戈大概赶不上了，要是她来会合就暂定加入A队吧。

指示B队领队诗乃从左路前进后，我带着四名队友和两只宠物一起跑进了黑暗的森林。诗乃她们和米夏则在相隔十米左右的左边并行。

大雨依然没有停歇的迹象，我们便一路留意不要踩到湿润的植被导致滑倒，往东边赶路。由于月亮没有露面，最多只能看到前方五米的情况，再加上现在下大雨，就算点了火把也会很快熄灭。多亏有夜视技能，我还勉强能看清树木和草丛的轮廓，于是就在前方为亚丝娜她们领路，并以不会让自己摔跤的速度奔跑。

第四波震动还没有来袭，但小幅度的地震仍然时有发生，还能隐约听到嘎吱嘎吱的破坏声。

"桐人，前面是什么地方？"

亚丝娜牵着结衣的手，以不会被雨声遮盖的音量问道。

"我没来过这边探险，不过记得有一个大山谷。"

"这么说，那地方会不会因为大雨发生滑坡啊？"

迈着大步的克莱因乐观地说，我不由得苦笑道：

"假如VRMMO的地形每逢下雨都会被破坏，那用不了多久就到处都是平地了。"

"毕竟这里没有专门从事土木工程的人嘛。"

听莉法也这么说，克莱因才嘀咕了一句"说得也是啊"就此作罢。

跑着跑着，前方的树木开始变得越来越稀疏了。假如我的记忆没出错，前面理应有两座地势略高的山丘并排而立，中间则有一道巨大的溪谷呈直线状一路往下延伸，但还没有确认过山谷再往前是什么状况。

"……就要出森林了！"

我提前向伙伴们汇报了路况，然后从一棵高大的环松下跑过。

前方的森林开辟出一片V字形的深邃草原，天上的漆黑云团卷成了漩涡状，雨滴像砸下来似的落个不停，时不时划过的蓝白色闪电照亮了草原。

和我记忆中一样，草原左右两边有两座山丘——不，很久之前应该只有一座，似乎是因为地裂才从中间裂成两边的。溪谷宽度大概有三十米，谷底散落着很多块头比米夏还大的岩石。

我原本推测地震震源就在这片草原的某处，但目视范围内暂时没有什么异常。脚下仍能感到轻微的震动，可是这几分钟里也没有出现让人站不稳的上下晃动。

好像真的只是普通的自然现象而已。就在我的肩膀刚放松了一些的时候——

一道刺眼的闪电照亮了这片区域，几乎与此同时，溪谷谷底一块高达十余米的巨型岩石从内部爆开，炸得粉碎。

一阵比之前更加强烈的晃动朝我们袭来，我赶紧抓住阿黑的肩膀，好不容易才站稳了脚跟。亚丝娜、结衣和莉法也相互支撑着，克莱因却在一处水洼结结实实地摔了一跤。

换作平时，克莱因早就破口大骂了，但现在的他根本没有那个余力——碎裂的岩石后方出现了一个大到非比寻常的影子。

那影子离我们有两百米，谷底离我们所处的位置也很远，但我还是能感受到那股极为强大的压迫感，呼吸也随之变得急促。那东西不仅巨大，形态也给人以一种原始的畏惧感。

"那是什么……"

"那是个啥啊……"

莉法和克莱因同时以沙哑的声音低语道。

其实我脑子里也只能想到这句话。被闪电照亮的身影太不寻常了，很难用言语形容。

在Unital Ring遇到的怪物之中，其身形无疑是最大的。听说与诗乃对战的恐龙型野外头目"斯特罗克法洛斯"全身大概也就十米长，但眼前这只怪物的全长轻松地翻了一倍有余。

头部勉强还是人类的模样，却长着四只散发着红光的眼睛，嘴巴不仅能上下张开，还能左右咧开。后脑勺延伸得很长，侧面有几根突出的短角。

脑袋下方就是两条手臂，肘部以下的部分长成了恐怖的长镰刀，身体部分膨胀得像个木桶，中间又有一张细长的嘴。

像人的部分到此为止，它的腰部往后弯曲了九十度，连着一段又长又粗，像蜈蚣似的分成了一节一节的身体。身体两边有无数只步足，足尖都像镰刀一样尖锐，后背还有一段长枪般的突起。

那东西全身裹着一层黑得发亮的甲壳，但更让人害怕的是，那甲壳下还有结实的肌肉。形状像虫，质感却像是脊椎动物。若要用一个词来形容，就只能是"恶魔"。

那一阵阵传到拉斯纳里奥镇的天鸣地动，应该就是那只怪物用身体撞碎巨岩时造成的冲击吧。万一让它冲到镇上，我们辛辛苦苦建起来的街道和小木屋就很可能被彻底破坏。

谷底的异形怪物暂时停下了脚步，我盯着它，下意识地低喃了一句：

"……为什么这里会有那种东西……"

这只全长超出二十米的人面蜈蚣与栖息在杰鲁埃特里奥大森林的动物型怪物没有任何一处是相同的，此前在森林里遇到的巨熊、在草原上遇到的黑豹、在河边遇到的螃蟹姑且都有一定的一致性，现在竟然要弃之不顾吗？这种级别的怪物只会待在迷宫的最深处，或者是地狱……想到这里，我突然有一种大脑深处被刺中了的感觉。

好像在哪儿见过……我好像在Unital Ring以外的VRMMO世界里见过形态与之相似的怪物，到底是在哪儿呢？

"听我说，桐人……"

听到有人喊我的名字，我便往旁边看去，只见紧紧抱着结衣的亚丝娜也神情茫然地说：

"那只怪物，我好像在哪里……"

在她说完整句话之前，左边就响起了一个犀利的声音。

"快看那家伙的脚下！"

大喊出声的是B队的领队诗乃，他们比A队稍晚了一些才走出森林。狙击手的目光在这个世界依然敏锐，发现了刚才我们看漏的情况。于是我先把脑里针刺般的感觉放到一边，努力地瞪大眼睛。断断续续的闪电照亮了谷底，除了被人面蜈蚣撞碎的巨岩以外，那里还散落着大大小小的石头。在那些石头之间——

"啊……"

在看到那一幕的瞬间，我也发出了一声短促的惊呼。

那里有十个……不，是二十多个小小的影子在慢慢地移动。虽说小，但也是与人面蜈蚣相比才显得小，实际上与人类差不多，可是看轮廓又不像是人。它们身上有一层厚厚的甲壳，长着长长的角和大大的下颚，还有六只脚。那是昆虫型怪物——是人面蜈蚣的小兵吗？

人面蜈蚣的四只眼睛突然放出红光，高高地举起了右边的镰刀手臂。

"沙啊啊啊啊啊啊！"

它发出一声咆哮，吓得两百米之外的我们不禁往后仰去。镰刀以惊人的速度挥下，一下就把一块直径三米的岩石击碎，原本待在岩石暗处的两三只昆虫型怪物也被轰得老远。

周围的昆虫赶紧上前帮仰面倒地的同伴翻身，然后二十多只一起朝溪谷的出口仓皇狂奔。

"沙啊啊啊啊！"

人面蜈蚣又大吼一声，挥舞着双手的镰刀，狠狠地往地面戳了两三遍，昆虫们好不容易才躲过了攻击。

"……这是怎么了……是怪物之间在对战吗？"

我嘀咕了一句，好不容易才站起来的克莱因回道：

"与其说是对战，倒不如说是那只大的在单方面攻击那些小的。话说……它们往这边来了！"

确实，那些有人般高的昆虫型怪物正快速地从地势平缓的谷底冲上来，人面蜈蚣也在追赶它们，再这样下去，两者在几十秒后都会来到我们所在的森林边缘。

最坏的情况就是双方都视我们为目标。是否应该立刻躲进森林里，等人面蜈蚣把二十只昆虫型怪物都歼灭了再出来呢？但是那些昆虫型怪物也可能逃进森林,并一路跑到拉斯纳里奥那边,那么最好的办法就是用远距离攻击阻止昆虫们前进,让蜈蚣杀了它们。看刚才的情形,昆虫型怪物之间似乎有互帮互助的习性,这一点应该可以利用起来。

虽说是怪物,但这种计划还是让人有些于心不忍,可为了守护镇子和NPC们,这也是迫不得已的。我打定主意,向两位具备远距离攻击能力的同伴喊道:

"结衣,诗乃,用火魔法和滑膛枪拦下领头的昆虫型怪物!"

"好的!"

"收到。"

两人立刻做出回应,并往前跨出了几步。诗乃端起枪,结衣则抬起双手,瞄准了最前方那只长得像螳螂的怪物。那淡粉色的身体在雨中依然显眼,她们应该能打中吧。

结衣做出发动火魔法的手势,接着用力把右手往后一拉。诗乃也把滑膛枪抵在脸旁,将手指搭在扳机处。此时她们与螳螂相距一百米,离后面的人面蜈蚣则有一百五十米。

她们同时吸了一口气,停住了动作。就在这时——

"等一下!"

艾基尔突然大叫一声,冲到两人跟前。诗乃吓了一跳,赶紧把枪口往上挑,结衣也举高了双手。

"喂,你干什么呢?!"

诗乃生气地说。艾基尔只回了一句"抱歉"就冲进大雨里了,甚至没有把左腰上的双刃斧头拔出来。

"喂……喂喂!"

我赶紧出声制止道,大汉却头也不回地跑走了。无奈之下,我只好追了上去。

那群昆虫型怪物眼看就要来到跟前了，它们理应也认出我们是玩家了。不过这个游戏有一个设定，就是在玩家及其小队成员在受到攻击之前都无法看到敌人的光标，所以还不知道昆虫们是否瞄准了我们，但也得按照这种预设来采取行动。

"艾基尔，至少把斧头拔出来啊！"

我一边喊，一边把右手的长剑架在肩膀上，做好发动剑技的准备，但是大汉根本不打算拿出武器。艾基尔一直很冷静，在某种意义上甚至可以说是队伍的头脑，很少看到他这么不顾一切的一面。

淡粉色的花螳螂已经来到相距不足三十米的地方，胸前两条折起的螳螂臂不及人面蜈蚣的镰刀大，但光看外表也足够凶狠了。要是被打个正着，就算穿着铁甲也会被削走不少HP吧。万一艾基尔不打算开打，我还得想个办法帮他。

打定这个主意之后，我微微调整长剑的角度，打算先发制人地发动"音速冲击"——在Under World遇到的费尔希·亚拉贝尔那张略为落寞的笑脸忽然在我脑海中闪过。一定要帮他查明他无法发动剑技的原因……在我把这份决心也灌注到剑上，准备以全力发出那一击之际——

"住手——！"

艾基尔发出音量比雷声更大的怒吼，张开双臂，刹住了脚步。我赶紧停下动作，身体随即失去了平衡，剑技也没能成功发动。

只见艾基尔伸直粗壮的手臂，挺直地站在潮湿的草原中间。由二十只昆虫组成的军队正迅猛地冲来，领头的花螳螂头上那对突出的巨大复眼直放亮光，还举起了右边的镰刀。

就在那一秒，艾基尔再次大喊道：

"翠西！你是翠西吧?!"

……啊？

我哑口无言,眼前的花螳螂也急忙停下,镰刀只举到了半空中——然后以女性的嗓音大声回应道:

"安迪?!你在这里做什么?!"

……啥?!

为什么螳螂会说话?安迪又是谁啊?!

我忍不住在脑海里放声大喊道,不过很快就有了头绪——艾基尔的角色名拼写是"Agil",是以他的名字"安德鲁"和中间名"基尔博德"组合而成的,也就是说,这只花螳螂型怪物知道艾基尔的本名。

"咦……真的假的?"

亚丝娜追了上来,在我右后方这么低喃了一句。我把头转向她那边问道:

"什么真的假的?"

"那只螳螂……该不会是艾基尔的太太吧?"

"……什么?"

我的大脑差点再次宕机。

刚才确实有在小木屋的门廊边听艾基尔本人说过他的太太也是VRMMO玩家,但是这只花螳螂怎么看都像是怪物啊……是人中了什么魔法才会变成这样吗?如果真是这样,那后方的昆虫型怪物也全是玩家喽?

停在花螳螂身后的绿色锹型甲虫证实了我的推测。只见那粗犷的下颚一开一合,就有一个男性嗓音快速地说出了一串英语,而且口音相当标准。

"Hey Hyme, what the hell are you doing?!"

紧接着,一只胖墩墩的独角仙用力地甩着触角嚷嚷道:

"Who are they?! Enemy or ally?!"

他们的语速非常快，我也没信心能完全听懂，不过意思应该是："海米，你在做什么啊?!""他们是谁?!是敌人还是盟友?!"

回答这些问题的并不是那只花螳螂（它的角色名似乎是海米），而是艾基尔。他用语速超快的英语证明了自己是美非混血儿，我也听不太懂。

不过多亏了他，锹形甲虫和独角仙总算明白我们不是敌人，放下了巨大的下颚和触角。其他昆虫也陆陆续续地追了上来，在锹形甲虫喊了几句之后也解除了攻击态势。

不管怎么说，能够避免与昆虫军队开战都是一件好事，但问题也只解决了一半……不，是只解决了一成。那只巨大的人面蜈蚣正从后方的溪谷一路冲来，要是应对不得当，我们和昆虫们都会在这里全军覆没。

就在这时——

人面蜈蚣脸上有一个小小的闪光点炸了开来，过了一小会儿，就传来了"轰隆"的破裂声。虽然规模不及爆炸，但即使是在大雨之中，也能清楚地看到那里喷出了大量看似有毒的黄色烟雾，裹住了蜈蚣的脑袋。怪物停下突进的脚步，发出"沙啊啊啊"的嘶吼声，听着感觉很暴躁。

投出这颗疑似烟幕弹的，是昆虫军队队尾的昆虫……不对，是人类。这名小个子玩家以迅猛的速度在雨中穿梭，身上的连帽斗篷随风飘扬，来到我跟前就突然停了下来，并喊道：

"抱歉，桐仔！事情变得棘手了！"

我绝对不会听错这个很有特色的声音。

"阿尔戈?!"

"阿尔戈小姐?!"

我和亚丝娜同时惊呼一声，又挤出几个字："你，怎么……"

也不知阿尔戈是用心灵感应还是别的什么方式听懂我这句话是"你为什么会和那些昆虫一起出现在这里？"的意思的，她掀起兜帽答道：

"待会儿再跟你们解释！现在得想办法解决那个大家伙！"

"能有什么办法啊，只能远远地逃到某个地方去了吧！"

"没用的。那家伙不知道为什么一直咬着我们不放，已经追了将近三十公里了。"

"……三十公里?!"

这确实很不寻常。这相当于从拉斯纳里奥到斯提斯遗迹的距离，既然它一路追了这么久，那就可以判断玩家根本不可能甩掉它了。

"阿尔戈小姐，多扔一些刚才那种烟幕弹也不行吗?!"

阿尔戈立刻摇头否定了亚丝娜的建议。

"刚才那颗就是最后一颗了，而且那一招只能暂时拖住那家伙的脚步，很快又会继续追上来。它还不受地形影响，所以不管往哪儿跑都会被追上。"

"它还能一下切开那么大的岩石……"

赶过来的克莱因这么说道。阿尔戈点了点头，少有地露出非常难过的表情，低声说：

"真的很对不起。我原本不打算靠近拉斯纳里奥的，但跑进森林之后，除了这个山谷以外也无处可逃了……"

"不不不，这样比你在我们看不到的地方死掉好太多了。"

回完这句话后，我下定决心，宣布道：

"打倒它吧。虽说一眼就能看出这是个超级强敌，但我们这边也是人员齐备，只要沉住气，看准时机发起攻击，就能在零牺牲的情况下打倒它。"

"说得没错。"

爱丽丝用毅然决然的声音说。骑士那头漂亮的金发上沾了无数水滴,右手上的变种剑直指百米前方的巨大影子。

"我们总不可能逃避所有困难。不管敌人多么强大,有时也不得不站出来与它对抗。更别说现在要守护大家珍视的东西了。"

站在爱丽丝两边的伙伴们同时点了点头。阿黑、阿鼹和米夏,甚至连毕娜都短短地叫了一声。

黄色烟雾中的人面蜈蚣再次往这边冲来。我以余光捕捉到这个情况,向阿尔戈问道:

"详情之后再听你说好了。总而言之,那支昆虫军队都是友军对吧?"

"没错。他们是美国的The Seed游戏*Insecsite*的玩家。"

"*Insecsite*…"

换言之,他们并不是中了魔法才变成昆虫的,而是一开始就长这副模样。听她这么一说,我才想起好像听说过有一个VRMMO会把玩家变成昆虫,只是没想到形象会这么真实。几乎所有昆虫都是直立状态,用双脚或四脚行走,但也只有这一点与人类相似。说起来,如果有六只脚——若是蜘蛛型就有八只脚——又该怎么控制呢?

不对,这些问题事后想怎么研究都行,现在必须集中精力应付自被强制转移到这个世界以来遇到的最大强敌。

"阿尔戈,那家伙的攻击模式是怎样的?"

"目前只有物理攻击,就是挥舞它两只手上的镰刀和尾巴上的长枪,用身体撞击,还有用肚子上那张大嘴撕咬。"

"那它的主要武器就是镰刀了。"

我刚低声说完,大脑中心又一阵发麻,可是现在没有时间去深挖自己的记忆了。

"……我、爱丽丝和莉兹去当诱饵,防住镰刀的攻击,其他人从侧面进攻。只要把脚一只只砍断,它应该就动不了了。"

"明白!"

听到伙伴们可靠的回应之后,我又对独自在那儿干着急的艾基尔喊道:

"艾基尔,还是等你多升几级再拜托你做坦克吧。另外,麻烦把我刚才说的作战计划翻译给那些虫……不对,是那些*Insecsite*的玩家听。"

"好!"

艾基尔点了点头,用语速很快的英语和那些昆虫战士说话。之前我曾想过去美国的大学留学,因此也不至于一点英语都不会说,不过现在情况紧急,还是想尽量避免信息传达出现错误。

等艾基尔说完,身形高大的锹形甲虫和独角仙就往前走出一步,同时说:

"We also fight in the front!"

"Our skin is harder than your armor, huh?!"

既然他们都这么说了,我也没理由拒绝。

"I'm counting on you!"

听到我的回答,两只虫……不对,是两人同时用右边的钩爪做了一个类似于竖起大拇指的动作。

地面再次剧烈地震动起来,人面蜈蚣开始突进了。要和那种巨大的怪物战斗,战场最好不要选在狭窄的山谷,而应该选一个比较开阔的地方。从山谷的出口到我们所在森林的入口之间有一片纵横约一百米的草原,那里就是主战场了。

"Hyme, join our raid!"

我对艾基尔的太太，也就是那只花螳螂这么喊道，然后发出邀请信息，只见它用位于右手镰刀根部的手指迅速按下了"OK"键，随后我的视野左边就多了一大片血条，共二十人份。每个人都受了伤，不过没有一个人的HP少于一半，TP、SP也都很充足。一路逃了三十公里却只消耗了这么一点能量，也不知该说是身手好还是运气好——估计两方面原因都有吧。

"Do you have recovery ways？"

"Sure thing！"

花螳螂，即海米向伙伴招呼一声，一只褐色的羽虫便走到了队伍前方。那轮廓让人联想到蝉，但脑袋上长着奇形怪状的角，分化出四个分支，前端都挂着一个大大的球体，看着像是某种天线。

这只长角的蝉喊了一句"C'mon guys！"昆虫们就立刻凑到了一起。紧接着，触角上的球体喷洒出白色的发光液体，浇注在同伴们身上。

二十只昆虫的HP迅速恢复了。这种能力很可靠，只可惜看似不能连续使用。而我们这边每个人有两三个烧陶瓶子，瓶里装有亚丝娜研发的茶，喝了可以慢慢恢复HP——也就是回复药水，但也不能滥用。还是要优先做好防御，彻底摸清敌人的攻击模式。

"它来了！"

我用日语喊道。下一秒，人面蜈蚣就冲出溪谷，来到了草原上。

这么凑近一看，那庞大的身形完全超出了我的想象。光是纵长的脑袋就有五米长，两把大镰刀的刀刃长达三米，步足部分的长度更是超出了二十米。即便是ALO幽兹海姆里的邪神级怪物也没有这种一边倒的庞大身形。

不过我刚才也对艾基尔说过，在VRMMO世界，外表大小并不能代表强弱。The Seed规格的游戏有一个基本规则：那就是虚拟形象的体形越大,体力就上升得越快;体形小的则是敏捷度上升较快。要是我们当中个子最小的西莉卡升到了100级,让她与人面蜈蚣来一场简单的推搡也大概能取胜。

当然了,现在我们的平均等级只有13级到14级,但如果能实现天衣无缝的合作,那么就算对手是那种庞大的异形恶魔,我们也有机会与其斡旋。我是这么坚信的。

"沙啊啊啊啊啊!"

人面蜈蚣张开大颚,朝四个方向发出咆哮。

仿佛受这声咆哮诱发,天上的乌云不断落下蓝白色的闪电,照亮了那庞大的身躯。

"……阿黑就听从亚丝娜的指示,从旁边攻击吧。"

我抚摸着那颗圆乎乎的脑袋命令道。黑豹似乎有些不满,"嗷呜"地低呼了一声才移动到阿鼍身边。迅速地和亚丝娜交换了一个眼神之后,我再次用力握紧了爱剑。

"……上!"

随着这一声呐喊,我用力往地面蹬了一脚,负责打头阵的爱丽丝、莉兹贝特,还有独角仙和锹形甲虫也在我左右两边跑了起来。地上的草长得很高,不过都被大雨压弯了腰,所以也不必担心会被绊到脚。头全高达七米的异形怪物已经近在眼前了。

人面蜈蚣慢慢地将右边的大镰刀拉向后方,它的攻击动作幅度这么大,也不难预判攻击时机。

"它要从右边攻击了!注意防御!"

我和爱丽丝架起长剑,莉兹贝特拿起战锤,独角仙扬起犄角,锹形甲虫则张开了大颚。

接着它开始挥动全长三米的镰刀,一阵暴风般的声响接踵而来,地上的草还没有被碰到就被砍倒了一大片,飞向空中。

——没事，能拦住它的！

我带着半是祈祷的想法握紧爱剑的剑柄，把左手臂抵在剑身上，摆出防御姿势。

黑得发亮的镰刀已经逼近眼前，我将身体前倾，准备迎接冲击。爱丽丝、莉兹、独角仙和锹形甲虫也做出了同样的姿势。

镰刀碰到我的剑了。

在那一瞬间，我以为自己的虚拟形象要爆炸了。

虽然不曾体验过，但在现实世界全速踩着自行车和大卡车撞个正着应该就是这种感觉了吧。那股冲击让我产生了全身四分五裂的错觉，仿佛整个世界都在旋转。那把镰刀横扫过来，我撑不到半秒就被整个掀翻了。

"桐人！"

我在听到这声呼喊的下一刻就撞上了某个人。直觉告诉我，是亚丝娜接住了我。

"唔！"

亚丝娜的呼吸声在我耳边凝住。她竭尽全力试图站稳脚跟，却没能如愿，和我一起倒在了湿润的草丛之中。

显示在视野上方的HP正在以惊人的速度缩减，原本满格的血条降到七成、六成、一半，最后停在了四成多一点的地方。

"……怎么可能……"

明明做了防御，还是被一击夺走了六成HP。我以沙哑的声音低喃着，无法相信这个事实。往下一看，右手握着的铁剑看似安然无恙，但护胸和左手臂的护腕已经碎得不成样子了。环顾四周，爱丽丝和莉兹也倒在了草丛上，独角仙和锹形甲虫则仰面朝天。所有人的血条的缩减情况都差不多。

接着我看向正前方的人面蜈蚣，它仍然挥舞着右手的大镰刀，左右两边的大颚一开一合,仿佛在嘲笑我们。

由于受了伤,人面蜈蚣的头顶上也出现了巨大的纺锤状光标。它有三段血条,下面还用英文字母显示着它的专有名。

"The Life Harvester"——夺命者。

看到这个名字,我终于明白自己为什么会有一种似曾相识的感觉了。

"桐人……那是……"

亚丝娜也以发颤的声音低语道。似乎是和我同时想起来了。

那只人面蜈蚣——

The Life Harvester是旧SAO艾恩葛朗特第七十五层的楼层头目"The Skullreaper",当时它击溃了攻略组的大半精锐玩家。虽然两者外形有些差异,一个长了肉和甲壳,一个骨头外露,但整体形状和行动模式……还有那惊人的攻击力都几乎一模一样。

可是为什么?为什么旧SAO的楼层头目会出现在Unital Ring世界里?

我的头脑一片空白,身体也动弹不得。眼前那只异形的恶魔正高高举起两把大镰刀,紫色闪电缠绕着天上的乌云,勾勒出那个漆黑的凶恶剪影。

(待续)

▶后记

非常感谢大家阅读《刀剑神域》第24集 Unital Ring Ⅲ。

上一集在让人倍感好奇的地方结束，所以我也希望这一集续刊能尽快送到各位手上……想是这么想，结果还是让大家等了五个月。而且这次又停在……（汗颜）我，我会争取尽快把下一集赶出来的！

（以下涉及本集内容的剧透，敬请注意。）

Unital Ring篇已经写到第三集了，感觉故事总算有了一点进展。本集有阿尔戈的正式参战、邪恶魔女穆达希娜登场、Skullreaper先生转生复活……有很多值得讨论的话题，但其中最让人在意的应该还是在Under World里出现的艾欧莱恩团长吧。

在写完Alicization篇，构思续篇情节的阶段，我就想好要让这个角色登场了。戴着奇怪的面罩、坐在豪华轿车后座等细节都是按照原定计划写的，但动笔写出来一看，我却萌生了一种这个角色的作用可能会和最初设想的不太一样的预感。现在还说不清具体是哪里不一样，我打算就这么一直写下去，让故事自己选择未来。

话说回来，写两百年后的Under World比想象中还要辛苦……或者应该说是难过吧。每次一想到桐人所爱的，也是我非常喜欢的那些角色已经不在这个世界了，我就会写不下去……不过，我相信那个世界肯定还有一丝希望。下一集我打算好好写一写Under World篇的故事，敬请期待！

这本书发行时，Alicization篇的第四季动画本来应该已经开始播放了，但是受新冠肺炎疫情扩大的影响，最终不得不延期播出。一想到全心全意制作这部动画的工作人员，还有满心期待动画播出的读者和观众们，我的心就像堵住了似的难受。剧中的桐人和亚丝娜等人一直在艰苦奋战，我相信，熬过苦难之后，我们一定能看到光明，所以现在还请耐心等待。

abec老师（恭喜您发行第二本画集！）、三木先生、安达先生，这次的进度又这么赶，给你们添麻烦了！那么，让我们下一集再会吧！

（注：上述时间均为日文版的情况。）

2020年3月某日 川原 砾